가장 사적인 연애사

가장
사적인
연애사

오후 지음

허클베리북스

재미, 라떼, 레옹, 우노, 별이,

그리고 골드와 펑키에게

글을 읽으면서 우리가 이렇게 다른 사람이었구나 하는 사실을 새삼 깨닫는다. 연애가 신기한 게 이렇게 다른데도 만나게 한다. 그렇기에 헤어지는 것이기도 하고.

글을 읽고 그를 처음 만났을 때를 떠올려본다. 그리고 헤어질 때를 떠올려본다. 대부분의 연인처럼 좋게 만나서 나쁘게 헤어졌는데, 이상하게 헤어졌을 때보다 만났을 때가 더 생생히 기억난다. 이 책을 읽는 분들에게도 지난 연애가 그런 추억이었길 빈다.

찬란한 시절을 떠올리게 하는 책이다. 새 연인이 못 보게 한쪽 구석에 숨겨 놔야지.

◇ ✦

나와 헤어지고 나온 두 권의 책이 그만의 '재미'가 덜 해서 혹시나 때문은 아닐까 하는 걱정을 했었다. 그런데 이번 책을 보니 괜한 걱정이었다는 생각이 든다. 재밌다. 내가 좋아하는 오후의 글이다.

세상에 남의 연애 이야기만큼 재밌는 것도 없다. 오후 작가는 남들이 술자리에서 할 법한 연애 이야기를 맨정신으로(내가 알기론 그렇다) 책으로 내놓았다. 그의 무기는 쿨한(척하는) 담담한 문체와 솔직함이기에 본인은 지어낸 이야기라 우기지만 99% 솔직한 이야기일 것이다. 술 취해서 듣는 당신 친구의 연애 이야기보다도 더. 독자들은 "그래서? 그다음은? 빨리"라며 보채며 책장을 넘기다 더 읽을 페이지가 없어질 때, 간접 연애를 끝내고 공허하지만 뭉클한 경험을 안게 될 것이다.

✧ ✦

하… 이렇게 솔직하게 써도 되는 거야?

생각해보니까 이 XX가 솔직해서 좋아했는데, 만나다 보니까 정도가 지나치더라고. 그래서 헤어진 건 아니지만 아무튼 그랬지. 작가와 출판사의 앞날이 걱정되지만, 독자 입장에서 솔직한 글은 언제나 좋다. 물론 그게 내 남자친구라면 생각을 좀… 흠… 아무튼 지금 만나시는 분, 그리고 앞으로 만나실 분에게 신의 가호가 있기를.

가장 사적인 연애사

"연애 책 쓴다고? 너 연애 못하잖아?"

잠깐의 연인이자 그것보다 백만 배쯤 오랜 친구였던 A는 그렇게 말했다. 연애를 못한다는 말에는 딱히 동의하진 않지만, 잘하는 편이 아니라는 것에는 나도 동의한다. 연애를 잘한다는 게 뭔지는 모르겠지만.

지난해, 선사시대부터 현대까지 인류의 연애 모습을 정리한 『가장 공적인 연애사』라는 책을 펴냈다. 책을 출판하고 난 뒤 가장 많이 받았던 질문은 의외로 그 책 자체에 대한 것이 아니라 '가장 사적인 연애사도 나오느냐'는 것이었다. 그런데 사실 나는 『가장 공적인 연애사』가 출판되기도 전에 이미 사적인 연애사를 쓰기로 결심하고 계약도 끝낸 상태였다.

　이유는 단순했다. 『가장 공적인 연애사』 초고를 쓰고 있을 때 몇몇 방송과 인터뷰에 출연해 "전여친들의 추천사를 담겠다"는 공약 아닌 공약을 해버렸다. 현장에서는 농담 삼아 한 말이었는데, 막상 활자화되고 나니 마치 약속이라도 한 것처럼 꼭 지켜야 할 무언가가 돼버렸다. 그리고 꽤 괜찮은 아이디어로 보였다. 전여친들이 추천사를 쓴 책이라니, 이런 책 본 적 있냐고.

　그런데 출판사에서는 이 발칙한 아이디어를 마뜩잖게 여겼고, 결국 전여친의 추천사 없이 책이 출간됐다. 하지만 작가로서 입 밖으로 낸 첫 번째 공약을 지키지 못하는 것이 나로서는 영 찜찜했다. 물론 그 약속을 기억하는 독자는 얼마 없겠지만, 어쨌든 약속은 약속이니까. 그래서 쓰고 있던 전쟁 책을 잠깐 미루고(여러분 다음은 전쟁입니다!) 연애에 관한 책을 한 권 더 쓰기로 결심했다. 정확히는 연애 책을 한 권 더 쓰고 전여친들의 추천사를 받기로 마음먹었다. 그런데 '공적인' 연애사는 이미 썼으니 이제 남은 건 '사적인' 연애사뿐이지.

　물론 내 사적인 연애사에 관심을 가질 만한 독자는 거의 없을 거란 것쯤은 이미 알고 있다(네가 누군데?). 하지만 연애뿐 아니라 이 세상 그 무엇도 순수하게 사적이기만 한 것은 없다. 모든 것은 연결되어 있고, 모든 사사로운 일은 사회 안에서 벌어진다.

그렇다면 한 사람의 치열하고 애절하고 지질한 연애를 통해 우리 사회의 한 단면을 살펴볼 수도 있지 않을까? 개인의 연애담 속에서 우리 사회가 공통으로 갖고 있는 연애에 대한 문제의식을 발견한다면, 사랑과 연애에 대해 조금 더 많이 이야기하고 더 깊게 생각할 수 있는 계기가 되지 않을까?

이 책에는 사적인 연애 경험에 더해 '보통의 연애'라는 꼭지명으로 연애에 대한 설문·통계·실험·연구 등의 공적인 자료들이 중간중간 들어 있다. 평균적인 연애에 대한 자료를 확인함으로써 독자들이 한 개인의 이야기를 넘어 연애에 대해 보다 다층적으로 접근할 수 있길 바랐다. 나도 정신을 좀 차리고 말이지.

책을 읽는 방식은 다양하다. 순서대로 읽어도 좋고, 자료가 독서의 맥을 끊는다면 에세이만 따로 읽어도 좋다. 자료와 에세이는 바탕색을 통해 쉽게 구분할 수 있다. 자료를 일종의 플레이북으로 이용해 친구나 연인, 가족들과 서로의 연애에 대해서 질문하고 이야기해본다면 한층 더 끈적한 사이가 되지 않을까 싶다. 설혹 이 책이 재미없더라도 서로 고민을 나눈 시간만큼은 즐거울 것을 장담한다.

책의 내용 가운데는 아주 유명한 사람이라면 문제가 될

만한 내용이나 발언도 있지만, 나야 어차피 아는 사람이 얼마 없을 테니 편하게 쓰도록 하겠다. 작가가 될 때 필명을 썼던 건 사생활을 드러내고 싶지 않아서였는데, 막상 작가가 되고 보니까 어차피 아무도 모르더라고. 이왕 쓰기로 한 거 화끈하게 가야지. 책을 읽다 보면 알게 되겠지만, 나는 꽂히면 대책이 없다. 그럼 부끄러움을 내려놓는 의미로 노래 한 곡 부르고 시작하도록 하겠다.

왜 내가 아는 저 많은 사람은
사랑의 과거를 잊는 걸까
좋았었던 날도 많았을 텐데
감추려 하는 이유는 뭘까
아~아~아아~ ♪
난 누구에게도
말할 수 있어
내 경험에 대해
내가 사랑을 했던
모든 사-람들을 사랑해
어~언제까지나
떼~떼~떼~떼~ 떼떼떼떼 떼떼 떼떼 떼~~ ♫

🔍 연애   Search

연애1(涓埃) 「명사」 물방울과 티끌이라는 뜻으로, 아주 작은 것을 이르는 말.

연애2(煙靄) 「명사」 연기와 아지랑이를 아울러 이르는 말.

연애3(碾磑) 「명사」 곡식을 가는 데 쓰는 기구. 둥글넓적한 돌 두 짝을 포개고 윗돌 아가리에 갈 곡식을 넣으면서 손잡이를 돌려서 간다.=맷돌.

연애4(憐愛) 「명사」 불쌍하게 여겨 사랑함.

연애5(戀愛) 「명사」 성적인 매력에 이끌려 서로 좋아하여 사귐.

CONTENTS

프롤로그 **가장 사적인 연애사**   9

1   연애지상주의 선언

연애지상주의 선언   21

[보통의 연애] ― 일생 동안 몇 명의 연인을 만날까?   25

첫 키스의 기쁨과 슬픔   29

[보통의 연애] ― 당신의 첫…은 언제?   33

짝사랑은 완벽하다   39

[보통의 연애] ― 짝사랑 경험   44

별의 순간   46

혁명이 사라진 시대니, 너희들은 사랑을 하거라   50

[보통의 연애] ― 혁명이 사라진 자리에 포르노가?   54

스무 살의 프란치스코   57

퇴로를 막아라   61

키스 미 달링, 키스 미 키싱 투나잇   66

2 취향 없이 연애하기

인생 영화   80

아이스크림은 피스타치오지!   83

[보통의 연애] — 당신이 좋아하는 아이스크림은?   89

내 눈을 바라봐   90

[보통의 연애] — 마기꾼 효과   94

베르테르의 슬픔   97

재미   100

[보통의 연애] — 재회   104

재미 2   106

3 새로운 것이 좋아

새로운 것이 좋아 115

Q. 내 연인의 또 다른 연인, 가능합니까? 118

A. 나를 사랑하기만 한다면 124

친구와 함께 섹스를 127

에이섹슈얼 132

니가 가라, 하와이 137

[보통의 연애] — 우리 모두는 LGBTQIAPK 142

네가 좋아 147

SM이 좋아 151

[보통의 연애] — BDSM, 준비됐습니까? 157

현대인이 외로운 합리적인 이유 161

친구를 빌려 드립니다 165

그것이 문제로다 170

[보통의 연애] — 다들 어디서 만나나요? 175

4 헤어질 때 하는 덕담

끝나기에 아름답다   181

헤어질 때 하는 덕담   183

지리멸렬한 연애의 끝에   187

마크 저커버그와 백범 김구   191

새벽 4시, 손가락을 잘라야 할 시간   196

[보통의 연애] ─ 당신이 이불킥을 할 수밖에 없는 이유   200

당신의 인생을 망치는 달콤한 첫 키스의 추억   202

연애가 쿨할 수 있을까?   208

연애가 쿨할 수 있을까?2   213

[보통의 연애] ─ 이혼, 진실 혹은 거짓   218

가장 흔한 이별의 날, 12월 11일   223

연애가 무알콜 맥주가 될 때   227

연애 중독   233

성숙한 이별   238

[보통의 연애] ─ 이별, 누가 누가 더 아픈가   241

실연 극복법   246

[보통의 연애] ─ 바보 같은 사랑 노래   251

에필로그 주저하는 연인들을 위해   255

서평 여전히 담배를 태울 때면 그를 생각한다   261

참고 자료   266

1

연애지상주의 선언

연애지상주의란
'연애를 인생에서 가장 중요한 가치로
여기는 삶의 태도'를 말한다.

연애지상주의 선언

프롤로그 끝에서 부른 노래는 주주클럽의 〈나는 나〉라는 곡이다. 추억에 젖으시는 분들 많으실 텐데 최소 40대. 아무튼 나온 지 25년도 넘은 곡이지만 내 연애관에 가장 가까운 곡이 아닌가 싶어 불러봤다. 나는 정말로 내가 사랑을 했던 모든 사람을 사랑하고 모두에게 좋은 추억을 가지고 있다. 심지어 바람을 피우고 거짓말을 일삼아 나를 최대한 비참한 상태로 만든 다음에 차버렸다고 해도 말이지.

사적인 연애사를 쓰기로 했으니 본격적인 이야기에 앞서 일단 나의 연애 경력에 대해 대략적인 그림을 그려보자.

나는 30대 중반이고, 이제까지(2021년 12월 기준) 9명의 연인이 있었다. 모두 꽤 깊은 사이였다(고 생각한다). 그 외에 원나잇을 포함해서 한 달 이내의 짧은 관계가 4번 있었고, 친구인데 종종 섹슈얼한 관계를 맺는 이가 2명 있었다. 요즘은 이런 관계를 FWB(Friends with benefits)라고 부른다고 하는데 딱히 마음에 드는 표현은 아니다. 뭐가 benefit(이익)이라는 거야?

공식적인 통계 자료는 아니지만, 주변 지인들을 심층 취재해본 결과(술 마시고 물어봤다는 뜻이다), 나는 또래 평균보다는 연애 경험이 풍부한 편이었다. 주변 사람들이 놀라는 점 중에 하나다. "네…네가? 어째서?"

하지만 뭐 나로서는 나름 당연하다고 생각한다. 왜냐면 나는 정말로 연애를 열심히 하기 때문이다. 어느 정도로 열심히 하냐면 목숨을 건다. 물론 진짜 목숨을 건 적은 없지만(우리 인생은 영화가 아니니까), 적어도 전 재산과 신용, 사회적 명성 등은 걸었던 적이 있고, 앞으로도 그럴 것 같아서 걱정이 이만저만이 아니다. 물론 세상 모든 일이 그렇듯이 연애도 열심히 한다고 해서 꼭 많이 할 수 있는 건 아니니까, 운이 좋은 편이었다고 할 수 있다.

연애에 목숨을 걸었다는 건 그만큼 흑역사가 많다는 뜻이다. 그 대가로 일주일에 서너 번은 새벽에 깼다가 다시 잠들지 못하고 이불킥을 하며 자책하지만, 아침이 되면 거짓말처럼 다시 새로운 연애를 꿈꾸는 일종의 정신착란 같은 상태로 살아가고 있다.

그러므로 나는 연애 책을 쓸 자격이 있다…고 자신하는 게 아니라, 누구나 자신의 연애에 대해 말할 수 있지 않은 가. 심지어 일평생 솔로로 연애와 담쌓고 지낸 사람도 얼마 든지 연애에 대해 말할 수 있다. 실제로 ≪계간 홀로≫라는 비연애 솔로 잡지도 나오고 있고, 이 책은 연애지상주의자 인 내가 보기에도 꽤 훌륭하다.

유튜브나 인터넷에는 자칭 연애 고수들이 등장해 온갖 신 기한 연애 팁을 전수해준다. 하지만 사랑에는 잘하고 못하 고가 없다. 잘한다는 게 뭐지? 여러 사람 만나면 잘하는 건 가? 일평생 한 사람을 짝사랑하며 그리워하면 못하는 건가? 모두 각자의 방식이 있을 뿐이다. 물론 타인에게 호감을 사 는 나름의 방법이 있기야 하겠지만, 이 책에서까지 그런 이 야기를 할 필요는 없지.

연애는 이해가 아니라 오해의 영역이다. 하면 할수록 이 해가 되는 게 아니라 오해만 쌓여간다. 몇 번 하다 보면 마 스터가 된 듯한 착각이 들지만, 새로운 사람을 만나면 또 새 롭게 리셋된다. 오히려 과거의 영광(?)에 파묻혀 뒤처지기 도 한다.

그러니 이 책은 내 오해에 대한 이야기다. 모두 자신의 오 해가 있고, 그에 대해 떠들 뿐이다. 그럼 그 수많은 필부필 부 중에 왜 하필 내가 이 책을 쓰냐고? 그냥 작가니까 뭐라도 써야지. 억울하면 영세 작가 하시라.

이제부터 나의 파란만장하지만 지질하기 그지없는 연애사에 조미료를 살짝 친 다음 시치미 떼고 자연주의인 척해보려 한다. 이 책에서 나는 솔직한 이야기를 하겠지만, 투명한 이야기를 할 생각은 없다. 개인(person)의 어원은 가면(persona)이다. 가면 속에 숨은 사람만이 진실을 이야기할 수 있다. 무엇보다 사실관계를 그대로 쓰면 나 외에 다른 사람의 사생활까지 드러날 수도 있고 말이지.

사람은 평생 몇 번의 연애를 할까?

취업 포털 커리어가 2013년 20~40대 직장인 722명을 대상으로 한 설문에 따르면, 남성은 평균 4.5회 여성은 4.1회 연애를 경험했다고 한다. 결혼 정보 회사 듀오가 2020년 미혼 남녀 1000명을 대상으로 한 설문에서도 비슷한 수치(4.1회)가 나왔다.

하지만 이런 조사만으로는 결론을 내리기 어렵다. 먼저 조사가 대부분 온라인에서 표본을 정확히 구분하지 않고 가볍게 진행되었기 때문에 조사 결과가 시민 대다수를 대변한다고 말하기 어렵다. 또한 이 조사는 어디까지나 응답자의 현재까지의 연애 횟수일 뿐, 인생 전체를 놓고 연애 횟수를 센 통계는 아니다.

연애를 했다는 기준도 사람마다 다를 수 있다. 가령 ≪대학내일≫이 2019년 만 15세에서 35세에게 연애 횟수를 묻는 설문을 진행했는데, 10대 후반의 평균 연애 횟수는 5.2회, 20대 후반은 4.4회로 나타났다. 연애할 시간이 10년이나 더 있었는데 횟수가 오히려 줄어들었다. 이것이 무엇을 의미할까? 요즘 10대들이 일괄적으로 연애 고수가 된 걸까? 그럴 수도 있지만, 아마 아닐 것이다. 이 숫자의 비밀은 단순하다. 20대 후반이 되어서 생각하는 연애의 기준이 10대 때와 달라진 것이다. 그때는 연애라 여겼던 것이 지나 보니 연애 축에도 못 끼는 거지.

어쨌든 앞의 설문 결과들을 받아들인다면, 대한민국 사람들은 일평생 5~6회 정도 연애를 하는 것으로 보인다(설문 후 평균 한두 번은 연애를 더 했다고 가정). 당신이 보기에 이 수는 많은가, 적은가? 솔직히 내 예상보다는 훨씬 적다.

하지만 연애는 빈익빈 부익부가 큰 종목이다. 첫 번째 조사에서 연애를 15회 이상 했다고 응답한 사람은 7.2%였고, 연애를 한 번도 해보지 않았다고 응답한 사람은 5%였다. 또한 횟수로 가장 높은 비율은 3회(20.8%) 다음이 2회(13.9%)였는데, 평균이 4회가 넘으니 상위 랭커들이 하드캐리하고 있음을 알 수 있다.

[그림 1-1]은 한때 인터넷에서 짤로 많이 돌던 미국 제퍼슨 고등학교 전교생을 대상으로 한 성관계 구조도다. 최근 6개월간 성관계를 맺은 상대를 조사한 뒤 정리한 그림인데, 상당히 복잡하다. 이 그림이 한국에 처음 소개될 당시 인터넷 댓글을 보면 "역시 양놈들, 문란하다" 같은 내용이 많았

[그림 1-1] 제퍼슨 고교 학생들의 성관계 구조도

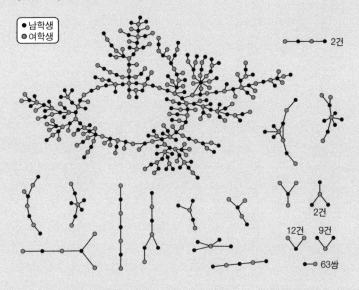

는데, 약간의 오해를 바로잡고 시작하자면 사실 전교생 832명 중 학교 학생 간의 성관계가 있었던 인원은 288명(35%)밖에 되지 않았다. 시간이 많이 남으시는 분은 점을 일일이 세 보시라. 288개밖에 되지 않는다. 물론 한국 고등학교에 비하면 높은 수치고, 저게 딱 반년간만 조사한 것이라는 걸 감안하면 실제로는 더 복잡하겠지만, 그래도 짤이 돌만큼 놀랄 정도인지는 잘 모르겠다.

　그리고 지도를 자세히 보면 288명의 학생 중 대부분은 한두 명의 파트너만 만난 걸 알 수 있다. 서로 한 명 하고만 성관계를 가진 인원만 126명(63쌍)으로 절반 가까이 된다. 하지만 앞에서 말한 대로 중간중간 하드 캐리한 사람들이 있어서 복잡하고 문란해 보이는 지도가 완성된 것이다.

그러니까 이 지도가 보여주는 건 서양의 개방성이 아니라 연애의 빈익빈 부익부가 아닐까 싶다. 세상 모든 게 그렇듯이 연애는 불공평하다.

(사실 이 조사에서 가장 놀라운 건 결과가 아니라 고등학생을 대상으로 이런 조사를 진행할 수 있었다는 것, 그 자체다.)

첫 키스의 기쁨과 슬픔

첫 키스는 에펠탑 앞에서 했다. 스크린이나 국내 유원지에 세워진 미니어처가 아니라 모든 인종의 잡상인이 열쇠고리를 팔고 있는 프랑스 파리에 있는 바로 그 에펠탑. 술자리에서 이 이야기를 하면 사람들은 로맨틱하다며 부러워한다.

첫 키스를 에펠탑 앞에서 한 사람이 전 세계에 얼마나 될까? 잘은 모르겠지만 많지 않을 거다. 심지어 파리에 산다고 해도 드물 것이다. 으슥한 골목길에서 서로 말하지 않아도 알 수 있는 키스 타임이 왔는데, 그걸 참으면서 '안 돼, 난 꼭 에펠탑 아래서 키스를 할 거야' 하진 않겠지. 그랬다간 이별을 통보받을지도 모른다. 아니 어쩌면 파리 사람이라면 그런 건 너무 촌스럽다며, 키스는 역시 뒷골목이라거나, 놀이터라거나 아무도 없는 교실이라고 할지도 모르겠다. 서울 사람 중에 정작 남산타워에서 첫 키스한 사람이 많이 없듯이 말이다.

아무튼 나는 그 어려운 걸 해냈다. 그런데 에펠탑 아래에서의 키스는 사실 자랑할 만한 일이 아니다. 오히려 매우 슬픈 이야기라고 할 수 있다. 에펠탑 앞에서 키스를 하고 싶은가? 연인만 있다면 누구나 할 수 있다. 연인에게 프랑스 여행을 가자고 한 다음, 에펠탑 앞에서 키스를 하면 된다. 비행기 삯 포함 두 사람 경비가 천만 원은 들겠지만 못 할 일은 아니다. 다행히 내 첫 키스 상대는 당시 프랑스에서 유학 중이던 학생이었고, 우리는 파리에서 처음 만났다. 즉, 돈이 500만 원밖에 안 들었다는 소리다.

그래서 어땠냐고? 첫 키스니 당연히 좋지. 처음에는 놀란 상대방이 키스를 받아줬을 때의 쾌감과 느껴지는 떨림, 얼굴을 만졌을 때의 감촉, 불규칙한 상대방의 호흡…. 떠올리기 시작하면 지금도 바로 옆에 있는 듯 느껴져 황홀하다. 솔직히 그 장소가 에펠탑인 건 하등 상관이 없다. 그냥 후미진 뒷골목이나 친구들이 술 먹고 곯아떨어진 자취방이나 학과 사무실이었어도 동일하게 좋았을 것이다. 한 친구는 오랜 시간 짝사랑하던 이가 술에 취해 토를 한바탕 쏟아낸 다음 갑자기 자신에게 달려들어 키스를 한 적이 있는데(입 주변과 안에는 토사물이 그대로…), 그마저도 황홀했다고 한다. 이것

이야말로 진정한 더럽(the Love).

첫 키스야 어디서 한들 무슨 상관인가. 무조건 좋지. 그럼 에펠탑 앞에서의 키스도 똑같이 좋은 거지 굳이 슬플 것까지야 있냐고 생각할지도 모른다. 문제는 이게 '첫' 키스라는 거다. 한번 생각해보자. 우리가 파리에 언제 가는가? 집이 이민을 갔거나 유학을 간 게 아니라면(나는 대학에 가기 전까지 거제도에서 자랐고, 성인이 되기 전에 외국에 가본 적이 없다), 학창시절 다 지나고 대학에 입학해서 한 1~2년 다니다 방학에 가거나, 혹은 대학 다 졸업하고, 혹은 직장 생활하다 늦바람 들어 직장을 때려치우고 간다. 그렇게 한 달 유럽 배낭여행 가는 것이 내 나이 때 사람들에게 유행 아닌 유행이었다.

그러니까 한국에서 평범한 학창시절을 보낸 내가 에펠탑에서 첫 키스를 했다는 건 슬픈 이야기일 수밖에 없다. 내 10대의 연애사가 암울했다는 뜻이니까. 뒤에 이야기하겠지만 내 청소년기는 짝사랑과 가슴 아픔, 그리고 새로운 짝사랑으로 점철되었다.

그러니까 누군가 피렌체의 두오모에서 첫 키스를 했다든가, 뉴욕 타임스퀘어에서 새해를 맞이하며 첫 키스를 했다고 한다면 부러워할 게 아니라 함께 슬퍼할 일이다. 물론 그 사람의 기분을 위해 눈물은 뒤로 숨긴 채 정말 큰 목소리로 과장되게 부러워해주길 바란다. 첫 키스가 그만큼 늦었으면 그런 부러움이라도 받아야지.

추신) 네, 뭐라고요? 고등학교도 졸업하고 유럽 여행도 다녀왔는데 아직 첫 키스 못 했다고요? 앗…. (숙연)

당신의 첫…은 언제?

첫 키스 이야기를 했으니 첫 키스에 대한 통계를 구하려고 했으나, 신뢰할 만한 자료가 없었다. 왜 그런가 생각해보니 일단 무엇이 첫 키스인지가 애매하다. 입술만 가져다 대면 되는 건지, (술자리에서 하는 말로) 혀를 써야 하는 건지, 어릴 때 친구와 장난으로 입술을 댄 건 키스로 치는 건지 아닌지. 물론 개인마다 기준은 있겠지만, 제각각 다를 테고 그럼 명확한 통계가 나오지 않는다.

그래서 대신 흔히 '첫 경험'이라 부르는 (세상 모든 경험 중에 으뜸인지라 무려 대명사를 획득한) 첫 섹스에 대한 자료를 찾아봤다. 섹스라는 것도 젠더의 정의가 다양해지면서 모호해진 측면이 있지만, 사람들이 공통적으로 '무엇이 섹스인가?'에 대해서는 어느 정도 비슷한 생각을 가지고 있는 것 같다. 사실 첫 섹스가 빠르거나 늦거나 그런 건 전혀 중요하지 않다. 하지만 사람 심리라는 게 평균보다 늦으면 뭔가 뒤처지는 거 같단 말이지.

[그림 1-2]는 콘돔 회사 듀렉스가 발행한 「The Face OF Global Sex 2012」에 실린 국가별 첫 성관계 연령 그래프다.

[그림 1-2] 국가별 평균 첫 성관계 연령

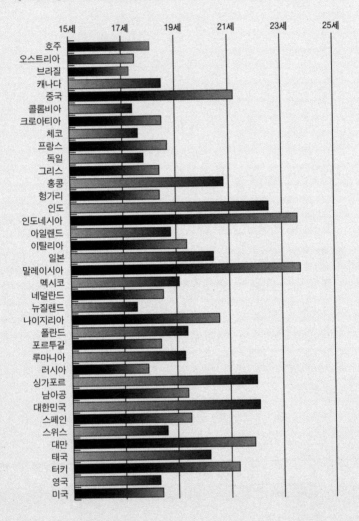

해당 조사에는 전 세계 37개국의 성 경험이 있는 18세부터 64세의 남녀 3만여 명이 참여했으며, 그중 한국인 참여자는 1010명이었다.

첫 성관계가 가장 빠른 곳은 열정의 나라 브라질(평균 17세), 가장 느린 나라는 말레이시아(평균 23.7세)다. 대체로 남미와 유럽 국가들이 빠르고, 아시아 국가들이 느린 편이다. 당연하게도 사회 분위기의 영향을 받는 것을 알 수 있다.

한국 평균은 22.1세, 37개국 중 뒤에서 네 번째로 동방예의지국(?)다운 면모를 뽐낸다. (우리는 절대 인정하지 않지만) 해외에서 볼 때 비슷한 문화권으로 묶는 일본과 중국보다도 늦다. 국내에서 진행한 다른 조사를 봐도 한국의 평균은 엇비슷하게 나온다.

그럼 [그림 1-3]의 한국인의 '연령별' 평균 첫 성관계 연령을 보자.

숫자만 보고서 '역시 요즘 친구들은 개방적이야. 점점 빨라지는군'. 이렇게 오해하는 사람들이 있을 것 같아 풀어서 설명하면, 해당 평균값은 성 경험이 있는 사람만을 대상으로 평균을 매긴 것이다. 그러니 나이 든 세대로 갈수록 평균값이 올라가는 것이 당연하다. 왜냐면 뒤늦게 성 경험을 하게 된 사람이 추가되면서 평균값을 올리기 때문이지.

[그림 1-3] 한국인의 연령별 평균 첫 성관계 연령

현재 연령	첫 성관계 연령(남성)	첫 성관계 연령(여성)
18~19세	17.9세	17.6세
20~29세	20.4세	21세
30~39세	21.3세	23.6세
40~49세	22.8세	24.6세
50~59세	22.3세	25.3세
60~69세	22.8세	24.9세
평균	21.9세	24.1세

가령 18~19세의 첫 경험 평균 나이는 17.9세로 가장 낮은데, 성 경험 여부를 묻는 질문(그림 1-4)에 25% 정도만이 경험이 있다고 응답한 것을 확인할 수 있다. 25%도 꽤 높다고 생각하겠지만, 만 나이가 기준이기 때문에 한국 나이로는 19~21세 사이로 대부분 고등학교를 졸업한 이후일 가능성이 높다. 실제 청소년 시기 섹스를 경험하는 비율은 5.4%다.(질병관리본부, 2021년 청소년 건강행태조사 기준.)

한때 한국 10대의 첫 경험 평균 나이가 13.6세라는 자료가 일부 방송과 신문에 나와 이슈가 됐던 적이 있다. 아동과 청소년의 성교육이 중요하다고 말하기 위해서 첨부된 자료였지만, 사람들은 '세상 말세'로 받아들였다. 하지만 이건 데이터를 잘못 해석해 생긴 오해다. 일단 청소년 시기에 성

[그림 1-4] 연령 수준에 따른 성 경험 비율

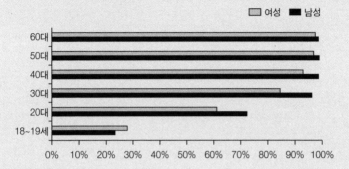

경험을 하는 비율은 앞서 말한 대로 얼마 되지 않는다. 그러니 연령대별로 성 경험이 있는 아이들만을 모집단으로 뽑아 매긴 평균을 전체 평균이라고 보면 심각한 오류가 생긴다. 지금의 10대도 아마 시간이 지나면 21~22살 정도의 평균값을 가지게 될 것이고, 개인의 고립이 심화하는 사회 분위기를 고려해봤을 때 더 늦춰질 가능성도 있다.

그렇다면 섹스를 한 적이 있는 10대의 첫 경험 평균 나이가 13.6세라는 건 아무 문제가 없는 것인가? 그렇진 않다. 평균값과 너무 큰 차이가 나는 것은 일단 눈여겨봐야 한다. 청소년도 성적 자기 결정권이 있으므로 섹스를 일찍 하는 것 자체는 문제가 아니다. 문제는 13세 혹은 그 전의 성관계는 범죄에 휘말렸거나 사실상 강간인 경우가 많다는 것이다.

사람들은 지금의 부모들이 과거 부모들보다 자녀 교육에

관심이 더 많고, 그에 따라 요즘 청소년들은 좋은 교육을 받고 좋은 환경에서 자라고 있다고 생각한다. 평균적으로는 맞는 말이다. 하지만 자녀에게 극성인 부모가 많아지면서 케어를 받지 못하는 소수의 아이들은 과거보다 더 변방으로 밀려났다. 과거 우리 사회는 그들을 안아주었는데, 이제는 내 아이에게 접근하지 못하게 한다. 즉, 세계가 완전히 둘로 나뉘었다. 과거에 비해 청소년들의 격차가 훨씬 크게 벌어졌고, 청소년 성 경험 나이가 내려가는 것도 이런 환경에 영향을 받은 것으로 보인다. 우리가 걱정해야 할 건 아이들이 문란해지는 것이 아니라 일탈한 아이들이 세상으로 돌아올 수 있는 환경을 만드는 것이다.

어쨌든 첫 키스 이야기로 시작했으니 마지막으로 한 가지 덧붙이자면, 보통 첫 키스 연령은 첫 경험보다 1살 정도 어린 것으로 조사된다. 그러니 우리나라는 평균적으로 만 20세를 전후해서 첫 키스를 하지 않을까 싶다.

짝사랑은 완벽하다

10대 시절 딱히 인기 있는 타입은 아니었다. 과거형으로 쓰니까 마치 지금은 어려움을 극복하고 연애 고수가 된 것 같은데 지금도 딱히 인기가 많진 않다.

얼굴이 조각 같지도 않고, 키는 작지는 않지만 180은 안되고, 어렸을 때부터 말랐다. 예외가 언제나 존재하므로 '절대'라는 표현은 쓰지 않는 것이 좋지만, 이성애자 여성들은 자신보다 마른 남성을 '절대' 좋아하지 않는다. 돈이 딱히 많지도 않고(사실 마이너스), 학벌이 좋지도 않다. 나름 말재간과 재치가 있다고 자부하는 편이지만, 남들이 보기에는 깐죽대는 것 이상도 이하도 아닐 게다. 다방면의 책을 써서 지적인 매력은 좀 있지 않나 생각하겠지만, 그건 책을 읽는 일부 독자의 착각이고, 남자든 여자든 요즘 사람들은 열(10)

선비를 좋아하지 않는다.

그러니까 학창 시절 나는 아싸(아웃사이더)…도 아니었다. 차라리 아싸라면 마이너한 취향을 존중받았을 텐데 그냥 인싸(인사이더)의 끄트머리 정도여서, 이성에게 가장 인기 없을 포지션이었다. 나와 친한 여학생들은 보통 내 친구들과 가까워지기 위한 다리 역할로 나를 이용했다.

하지만 뭐 당연히 나도 사랑이란 걸 했다. 언제나 짝사랑이었다. 더 심각한 문제는 내가 언제나 '반장과' 타입을 좋아했다는 것이다. 여기서 반장과라는 건 내가 지은 표현인데, 진짜 반장이란 건 아니고(물론 진짜 반장이 많았다), 공부도 잘하고, 리더십도 있고, 외모도 탁월한 팔방미인 타입을 말한다. 그러니 내 사랑은 짝사랑일 수밖에 없지. 그런 친구들이 뭐가 아쉬워서 인싸 끄트머리에게 관심을 가지겠냐고.

하지만 나는 늘 짝사랑하는 사람과 친한 친구가 될 수 있었다. 사실 짝사랑하는 사람과 친구가 되기는 아주 쉽다. 당연하지 않겠나. 나에게 한없이 잘해주는 사람과 안 친해질 이유가 없지. 이 모습을 답답하게 지켜보던 친구는 "그냥 고백해. 그 정도로 친하면 가능성 있는 거 아냐?"라고 충고를 하곤 했다. 하지만 만약 당신이 짝사랑 중인데 옆에서 이런 충고를 해주는 친구가 있다면, 그 친구는 ① 짝사랑을 해본 적이 없거나, ② 해봤어도 아주 과거에 해봐서 이미 짝사랑의 본질을 다 잊었거나, ③ 그것도 아니면 사실은 당신을 싫어하는 게 분명하다.

짝사랑하는 대상의 옆에 있다 보면 그 사람의 생각을 그 사람보다 잘 알 수 있다. 당연하지. 신경이 쓰이기 때문에 모든 행동, 모든 말을 기억한다. 어느 정도 눈치만 있으면 그 사람이 날 좋아하는지 싫어하는지, 나를 오직 친구로 생각하는지 조금이라도 이성으로 생각하는지 판단할 수 있다. 무엇보다 그 사람이 지금 누구를 좋아하는지, 그를 바라보면서 얼마나 설레하는지 알 수 있다. 그리고 그걸 바라보는 기분은 한결같이 참 X 같다.

그러니까 짝사랑하는 본인이 느끼기에 상대방이 나에게 성적인 호감이 없다고 느낀다면 그건 99% 정확하다. 이렇게 단언하는 이유는 내가 항상 '그럼에도 불구하고' 고백했다가 대차게 까였기 때문이다(넌 좋은 친구야. 널 잃고 싶지 않아).

개인적으로 2021년 가장 인상 깊게 본 국내 광고는 조미료 '미원' 광고다. 음식을 할 때 감칠맛을 내는 그 미원. 음식의 주인공이 될 수 없고 조연에 머무르는 미원의 특성을 짝사랑에 비유한 명작 중의 명작이다. 짝사랑의 영원한 메인테마곡 〈인형의 꿈〉(한 걸음 뒤엔 항상 내가 있었는데, 그~대♪ 영원히 내 모~습 볼 수 없나요~♬)을 깔고 터져 나오는 최고의 명대사.

"미원아, 나대지 마."

그때 떠오르는 트라우마란. 내 살다 살다 조미료에 공감하다니.

짝사랑의 고백은 대부분 비극으로 마무리된다. 하지만 이 비극에는 숭고한 아름다움이 있다. 더는 좋아하는 마음을 숨길 수 없어서 당연히 나를 찰 상대를 위해 무언가를 준비하고 예정된 실연을 당했을 때 느껴지는 비장미랄까.

고백은 짝사랑을 마무리하는 의미도 있다. 짝사랑하는 마음을 털어내고 싶다면 대차게 까이는 것만큼 확실한 방법도 없다. 그런데 거절당하고 나서 마음을 털고 나면, 종종 상대방이 그제야 내게 관심을 보일 때가 있다. 평소 받아온 애정을 못 받으니 아쉬운 마음이 드는 거지. 이게 참 묘한 느낌이다. 흔히 인생은 타이밍이라고들 한다. 하지만 이 감정의 전복은 타이밍이 안 맞았기 때문에 일어난 것이 아니라, 정확히는 실패할 고백을 했기에 일어난다. 그냥 그렇게 이루어지지 않을 인연이었던 거지.

나의 짝사랑 기간은 보통 1년이었다. 새 학년이 되면 (비록 청소년이지만) 새 술은 새 부대에 담았다…기보다는 자연스레 그렇게 되었다. 눈에서 멀어지니 마음에서 멀어졌다.

나는 짝사랑을 하며 길고 긴 고통의 시간 속에서 '뒤에서 묵묵히 기다린다면 언젠가 그 친구도 내 마음을 알아줄 거야' 같은, 지금이라면 스토커로 신고당할 수도 있을 미원 같은 생각을 했지만, 만약 그 친구가 언젠가 돌아봤다고 해도 내가 그 자리에 없었을 것이다. 물론 청소년에게 1년은 영원과도 같은 시간이다. 니체의 영원회귀가 이루어지는 순간이 있다면, 아마 10대 시절 짝사랑이 아닐까 싶다. 사랑하고 사랑하고 사랑하고, 지금 사랑하면 영원히 사랑한다.

짝사랑은 완벽하다. 받는 것이 전혀 없는데도 상대방을 끊임없이 생각하고 최선을 다한다. 심지어 상대방이 다른 사람을 만나더라도 상관없다. 오히려 상대방이 다른 사람을 만나서 짝사랑하는 이에게 순수한 고통을 안김으로써 이 사랑은 완성된다. 가슴이 아프지만 행복하다. 건드리지 않을 수 없는 생채기처럼 딱지가 앉기 전에 떼고 떼고 떼낸다. 그렇게 영원히 미완으로 남아서 오히려 완벽한 사랑이 된다.

꽤 많은 연인이 꼴도 보기 싫다면서 헤어진다. 하지만 짝사랑하는 이는 언제 봐도 설렌다. 그 사랑이 완성된 적이 없기에. 그 갈망과 열망, 욕망은 사라지는 것이 아니라 휴화산이 되어 마음 깊숙한 곳에 남는다. 그리고 언젠가 우연히 어떤 불꽃이 떨어지는 순간 다시 처음 그 순간처럼 불타오른다. 물론 보관 상태에 따라 금방 꺼져버릴 수도 있지만.

짝사랑 경험

[그림 1-5] 짝사랑 경험이 있는가?

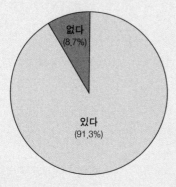

없다
(8.7%)

있다
(91.3%)

[그림 1-6] 짝사랑하는 상대에게
본인의 마음을 전한 적이 있는가?
(짝사랑 경험이 있다고 답변한 경우)

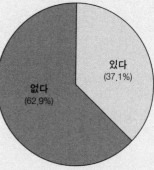

있다
(37.1%)

없다
(62.9%)

[그림 1-7] 고백 후 교제로 이어졌는가?
(고백한 경우)

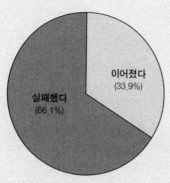

이어졌다
(33.9%)

실패했다
(66.1%)

미혼 남녀 366명 대상
짝사랑에 관한 설문 중, 2015년
〈결혼정보회사 가연〉

설문 결과를 정리해보면, 대략 10명 중 9명이 짝사랑을 하고, 그중 3명이 고백을 한다. 그리고 고백한 3명 중의 1명이 이어졌다. 즉, 짝사랑의 성공 확률은 대략 10%.

다만 이 확률은 답변자가 모두 짝사랑을 1회만 했다고 가정한 경우다. 하지만 그랬을 리가 없지. 아마 나처럼 여러 차례 짝사랑을 경험했을 것이다. 즉, 그중에 한 번만 교제에 성공했어도 해당 설문에 성공했다고 답했을 것이기에, 정확히 조사한다면 성공 확률은 5%도 나오지 않을 것이다.

개인적으로 이 통계에서 가장 놀랐던 건, 이 극악한 성공 확률이 아니라 짝사랑 경험이 100%가 아니라는 거다. 짝사랑을 안 하는 삶이 어떻게 가능하지?

별의 순간

"영감님의 영광의 시대는 언제였죠…? 국가대표였을 때
였나요? (거친 숨) 난… 난 지금입니다."

이제는 고전이 된 『슬램덩크』의 한 장면. 더 뛰면 선수
생명이 끝날지도 모르는 강백호를 안 감독(영감)이 불러들
이자, 강백호는 이 대사를 남기고 코트로 돌아간다. 아마
『슬램덩크』를 통틀어 강백호의 가장 멋진 장면이 아닐까
싶다. (캐릭터 설정 탓이겠지만, 『슬램덩크』의 멋짐은 대부분 다
른 캐릭터들이 담당한다.)

그런데 나이가 들고 이 장면을 다시 보니, 여전히 멋지긴
한데 살짝 어이없기도 했다. 솔직한 말로 고등학교에서 농
구 하는 게 뭐 인생까지 걸 일이냐고. 심지어 국가대표 선발

전이나 올림픽도 아니잖아. 만화책 이후 이야기를 모르니 장담할 순 없지만, 아마 강백호의 인생에서도 저 시기가 최고의 전성기나 영광의 시대는 아닐 것이다. 인생을 충분히 산 어른이라면 "지금은 아쉽겠지만, 지나고 나면 쉬는 게 좋았다는 걸 알게 될 거"라고 충고하겠지. 안 감독도 당연히 그렇게 말했다.

하지만 저 장면이 멋진 이유는 강백호가 전혀 필사적일 필요가 없는 일에 필사적으로 달려들기 때문이다. 그냥 벌어진 하나의 경기를 운명으로 받아들이고, 인생을 걸고 최선을 다하기 때문이다. 스포츠나 경쟁하는 대회에 참석해본 사람은 저런 느낌을 한 번쯤 받아봤을지도 모르겠다. 지나고 보면 별 의미도 없는 경기였는데, 이기기 위해 부상을 불사하고 목숨을 거는 거지.

일상에서는 이런 비슷한 감정을 연애하면서 경험해봤을 것이다. 학창 시절의 풋사랑이든 열정적인 사랑이든 간에 지나고 보면 다 부질없이 느껴지지만, 정작 그 순간에는 인생을 걸고 달려든 경험. 지나고 나면 누구나 부질없음을 아는 그런 순간 말이다. 그런데 놀랍게도 그 부질없는 순간이 있기에 인생은 아름다워진다. 지나고 나면 후회로 남을지언정 그 뜨거웠던 감정의 기억은 고스란히 남는다.

비슷한 이야기를 친구 P가 해준 적이 있다. 야자(야간 자율학습, 그냥 무조건 학생을 밤늦게까지 학교에 잡아놓고 공부시키던 악습)로 아침부터 밤까지 학교에 있던 시절 이야기다.

여고에 다니던 P에게는 영혼의 단짝이라 할 만한 친구가 있었다. 등교도 같이하고, 수업 시간에는 보고 싶다고 쪽지 접어 던지고, 야자 끝나면 함께 집에 가고, 헤어지기 싫다며 서로의 집을 서로 바래다주고 바래다주며 자정이 넘을 때까지 돌아다니고, 그러고도 집에 와서 전화를 하고, 주말에는 또 학교 안 간다고 만나서 함께 놀고, 계속 이야기를 했는데도 할 이야기가 남아 있는 그런 친구. 둘은 한 시간 반 거리에 있는 다른 대학에 진학했지만, 한동안은 수업 후 매일 그 거리를 달려가 만날 정도로 친했다고 한다. 하지만 학교가 다르니 두 사람의 관계는 조금씩 소원해졌고, 어느 순간 연락이 끊겼다.

얼마 전 P는 그 영혼의 단짝과 우연히 다시 만났다. 그런데 그 친구가 P에게 이런 말을 했다고 한다.

"고등학교 시절을 생각해보면 말이야. 요즘 하는 연애는 쓰레기처럼 느껴져. 그때는 정말 아무것도 바라지 않았는데. 우리는 그때 친구였지만, 사실 연애를 한 것 같아."

어린 시절 친구나 연인에 대해 별스럽지 않게 생각하고 충고하는 어른들이 많다. 금방 지나간다고. 한순간이라고. 맞는 말이다. 꼰대들이 하는 말에는 언제나 일말의 진실이 있다. 하지만 그렇다고 해서 청소년 시절의 감정이 결코 하찮거나 가벼운 것은 아니다. 인생 최고의 순간은 찾아오는 게 아니다. 내가 인생을 걸면 최고의 순간이 되는 거지. 설혹 최고는 아니더라도 당신의 유년 시절이 다시 돌아오지 않을 순간인 것만은 분명하다.

그런 의미에서 과거로 돌아간다면 나는 그 무의미한 짝사랑을 다시 또 할 것이다. 조금은 더 영리하게 하겠지만, 실패할 줄 안다고 해서 하지 않을 생각은 없다.

혁명이 사라진 시대니, 너희들은 사랑을 하거라

중학생 때까지 끊임없는 짝사랑으로 상처 입은 나는 고등학생 시절 영화와 게임에 빠지면서 연애에 대한 감각을 완전히 잊고 지냈다. 그리고 시간이 흘러 대학에 진학했다.

우리 과에 한 교수님이 있었다. 뭐, 대학이니 당연히 교수가 있었겠지. 우리 과를 만들 때 여러모로 힘을 쓴, 대학 내에서 힘 좀 쓰는 교수라 들었다(참고로 난 영화과를 나왔다). 프랑스 유학파 출신에 68혁명(1968년 프랑스의 베트남전쟁 참전에 대한 항의로 시작한 학생과 근로자들이 일으킨 사회변혁운동)의 세례를 정통으로 받은 그 교수님은 언제나 자유로웠다. 전공 교수 중에 나이가 가장 많았지만, 사고방식은 가장 젊었다. 강의 자체는 교보재를 읽는 수준이었지만(교수님 죄송합니다), 과와 학생들에게는 애정이 넘쳤다. 우리가 술자리에서 돈이 없어 연락을 드리면, 느지막이 나타나서서 맥주 500cc(이유는 모르겠는데 당시에는 ml를 안 쓰고 cc를 썼다) 한 잔을 마신 다음, 우리가 먹어 치운 술과 안주를 모두 계산하고 사라졌다.

종종 교수님이 오전 강의에 나타나지 않으면 학생들이 교수 연구실을 직접 찾아갔다. 노크를 하고 문을 열면 와인병이 마치 반려견마냥 또르르 굴러와 우리를 반겨줬다. 와인을 잡으며 "교수님 병은 좀 세워두세요" 하고 핀잔을 주면, "얌마, 와인은 원래 눕혀서 보관하는 거야"라며 농담인지 진담인지 헷갈리는 말을 진지하게 하시곤 했다. 지금은 이런 불성실한 교수가 살아남기 힘들겠지만, 당시만 해도 이런 모습이 일종의 로망으로 보였다.

그러던 어느 날, 우리들은 언제나처럼 밤새 술을 마시고 오전 수업에 와서 숙면을 취하고 있었다. 형식적인 수업이 끝나갈 때쯤 교수님은 엎어져 있는 우리를 보고 지나가듯 한마디 하셨다.

"그래, 공부는 무슨 공부냐. 20대에 할 건 혁명과 사랑밖에 없지. 그런데 혁명은 사라진 시대니, 너희들은 사랑을 하거라."

이 말은 알코올로 흐리멍덩해진 내 뇌를 파고들어 뉴런을 짜릿짜릿하게 하더니 혈액을 타고 좌심방 우심실로 흘러 죽은 연애 심장을 움켜쥐고 다시 뛰게 만들었다. 중학생 이후 멈춰버린 연애에 대한 욕망이 과거처럼, 아니 그 이상으로 활활 불타올랐다. 교수님의 말이 송곳니처럼 파고들어 나를 연애에 빠진 좀비로 만들었다.

'그래 대학에 왔으면 자고로 (데모와) 사랑이지. 누가 공부하래.'

나는 한 가지 생각밖에 못하는 좀비처럼 연애에 꽂혔다. 물론 연애란 건 혼자서 열심히 할 순 없어서 제대로 못했지만, 일단 학업에 열중하진 않았다. 학기 내내 학교에서 살았음에도 학점이 2점대를 오르락내리락했다. 당시 반수를 준비하느라 학교생활에 소홀한 동기가 있었는데, 그 친구도 나보다는 학점이 높았다. 중요한 건 내가 그런 점수를 받았음에도 단 한 번도 학점을 신경 써본 적이 없다는 것이다. 내 대학 생활에 중요한 건 연애와 경험이었지 학점이 아니었다.

나는 모든 교양 수업을 타과 전공 수업으로 들었다. 교수님들은 언제나 학기가 시작되기 전 나를 따로 불러서 "이건 전공 수업이에요. 들을 수 있겠어요? 학점은 전공생들보다 낮을 거예요"라고 경고했지만, 전혀 신경 쓰지 않았다.

타과 전공 수업을 들은 건 순전히 연애의 기회를 넓히려는 불순한(?) 의도였지만, 타인에 대한 관심은 모든 분야에 대한 관심으로 이어졌다. 덕분에 많은 걸 배웠고 다양한 분야의 사람들을 만나 즐겁게 학교를 다녔다. 대다수 사람이 대학을 취업을 위해 학위를 따는 곳 정도로 평가하지만, 나는 대학에서 많은 것을 배웠으며 여전히 진리의 상아탑이라 믿어 의심치 않는다.

아이러니한 것은 이렇게 학교를 좋아했던 내가 학업을 중간에 그만뒀다는 것이지만.

혁명이 사라진 자리에 포르노가?

교수님이 얼마나 진지하게 말했는지는 모르겠지만, 혁명이 사라진 후 그 열망이 사랑(주로 성적인 욕망)으로 흘러가는 것은 흔히 있는 일이다.

68혁명과 히피 문화와 함께 시작된 1970년대, 서유럽과 미국은 곧 혁명의 시대를 맞이할 것처럼 들끓었다. 하지만 변화의 물결은 정치권력을 바꾸는 것에 실패하고, 1980년을 전후해 영국에서는 마거릿 대처가, 미국에서는 로널드 레이건이 연이어 당선된다. 그리고 신자유주의 시대가 활짝 열린다. 68혁명의 중심지였던 프랑스에서는 샤를 드골이 물러났지만, 다음 선거에서도 보수 후보가 승리하면서 혁명은 오지 않는다. 자유로운 분위기는 도래했지만 정치 변화에는 실패하자, 사회는 향락과 쾌락, 그리고 개인의 열망 속으로 빠져든다. 여기에 영상 매체의 발전이 더해지자 자연히 1980년대 포르노 전성시대가 열린다.

일본도 비슷한 길을 걸었다. 지금은 상상이 안 되지만 일본 좌파들은 한국 운동권 뺨칠 만큼 과격파였다. 적군파는

테러와 하이재킹을 일삼았다. 하지만 일반 시민과의 정서적 괴리로 일본 좌파 운동은 1970년대 완전히 실패한다. 들끓었던 변화의 열망은 당시 등장하던 성인비디오로 옮겨가 1980년대 일본 AV 전성시대를 연다. 그래서인지 로망 포르노(당시 AV) 초창기 작품에는 사회 변화에 대한 열망이 녹아 있는 실험적인 작품들이 많았다. 물론 얼마 가지 않아서 순수한(?) 성인 비디오가 되어버리지만.

그럼 한국 포르노의 전성기는 언제였을까? 앞의 패턴을 따라가면 알 수 있다. 1990년대다.

1980년대의 민주화 운동으로 군부 정권이 무너진 뒤, 일부 운동권들은 아직 멀었다며 투쟁 노선을 유지했지만, 대다수 시민은 일상으로 돌아가 자신의 삶을 영위하기 시작했다. 1980년대 사회운동에 투신했던 이들 중 일부는 문화계로 빠져나갔다. 그 문화에는 당연히 포르노도 있었다(한국에서는 포르노가 아니라 에로라 불렀다).

혁명은 성공하든 실패하든 사회에서 시작해 개인으로 이어진다. 포르노가 발전한 시기는 동시에 개인의 연애에 대한 관심이 늘어나는 시기이기도 했다. 1980년대 유럽과 미국, 일본, 1990년대 한국은 포르노뿐 아니라 로맨스 영화 등 관련 콘텐츠들이 발전했으며, 연애지상주의가 꽃피던 때였다. 어쩌면 내가 이런 책을 쓰는 이유도 그때 유년 시절을 보냈기 때문일지도 모른다.

스무 살의 프란치스코

1948년, 아르헨티나 부에노스아이레스에 살던 열두 살 소년 호르헤는 이웃집에 살던 소녀 아말리아에게 러브레터를 건넸다. 편지에는 그녀를 향한 영원한 사랑의 맹세가 적혀 있었다. 소년은 "만약 네가 내 고백을 받아주지 않는다면 난 사제가 될 거야"라고 협박했다. 하지만 많은 짝사랑이 그렇듯이 소녀는 소년에게 그런 감정이 아니었다. 사제가 되겠다는 시답잖은 소리도 전혀 신경 쓰이지 않았다. 소녀는 소년을 거절했다. 하지만 소년은 자신의 약속을 잊지 않았다. 소년은 정말 사제가 되어 평생 종교인의 길을 걸었다. 이 소년이 바로 2013년 제266대 교황이 되는 프란치스코다.

정말 고백이 실패했기 때문에 그가 사제가 된 것인지는 아무도 알 수 없다. 그건 아마 본인도 모를 것이다. 하지만 어쩌면 진짜 그 이유 때문일 수도 있다. 열두 살 호르헤는 나름의 승부수를 던졌다. 그리고 사람들은 종종 지키지 않아도 될 약속에 목숨을 건다.

　대학교에 진학한 후 무언가 달라질 거 같았던 내 연애사는 놀랍도록 똑같았다. 과 특성상 함께하는 활동이 많아 중고등학교 때보다 더 열심히 학교에 다녔는데, 함께 있는 시간이 길어진 만큼 내 짝사랑은 더 뜨거워졌고, 주기는 더 빨라졌다. 동시에 두 명을 짝사랑하기도 했다. 뭐 짝사랑이니 두 사람을 사랑하든 세 사람을 사랑하든 문제 될 건 없지.

　1학년 겨울방학, 과 사람들과 함께 연극을 준비했다. 특별히 연극을 좋아하지 않았고 공연을 본 적도 몇 번 없었지만, 순전히 짝사랑하던 친구 S가 연극을 한다는 이유로 조연출을 떠맡았다. 말이 조연출이지 사실상 돈 안 주고 부리는 잡부에 가까웠다. 짝사랑을 해본 분들은 다 아시겠지만 함께할 수만 있다면 그 사람 집에서 식모살이를 해도 행복하기에, 내 방학 생활 만족도는 의외로 매우 높았다. 지금도 나는 연극에 꽤나 호의적인데 아마 이때의 기억이 좋게 남았기 때문이 아닐까 싶다.

　연습이 끝나고 밤새 술을 마신 어느 날이었다(물론 우리는 거의 매일 밤새 술을 마셨다). 그날 그 사건이 벌어졌다. 당시

S는 내 친구를 좋아하고 있었는데(앞에서 말했듯이 짝사랑하는 사람의 마음은 본인보다 짝사랑하는 사람이 더 잘 안다), 나는 곧 두 사람이 사귈 것 같다는 느낌을 강하게 받고 있었고, 이 느낌은 나를 더 절박하게 몰아붙였다. 밤새 술을 마시고 첫차로 S를 바래다주면서 결국 참지 못하고 고백을 해버렸다. 그리고 당연한 말이지만 잘되지 않았다. 잘될 리가 없지.(고마워. 넌 좋은 친구야)

열두 살 호르헤처럼 스무 살의 나도 승부수를 던졌다. 종교에 귀의⋯한 건 아니고, 실패하면 바로 군대에 갈 생각이었다. 뭐 어차피 군대야 언제라도 가야 했지만, 고백이 성공했다면 입대를 1~2년 정도 늦추고서 즐거운 연애 생활을 했을 것이다.

나는 고백에 실패한 바로 다음 날 인터넷으로 입대 신청을 했다. 그런데 놀랍게도 군대에 갈 수 없었다. 지금으로서는 상상도 안 되겠지만, 베이비부머의 자녀 세대인 우리 또래는 군대를 줄 서서 갔다. 실연당한 시점이 1월이었는데, 10월에나 입대할 수 있었다. 어휴, 하다 하다 군입대도 거부당하다니. 기간상 한 학기를 더 다니고 군대에 가는 게 정석적인 루트였지만, 고백도 실패한 마당에 학교로 바로 돌아가고 싶지는 않았다.

꽤 긴 시간이 남았고, 아르바이트로 모아 놓은 돈도 어느 정도 있었던 나는 유럽 배낭여행을 가기로 했다. 왜 그랬는지는 모르겠다. 배낭여행에 대한 특별한 로망이 있었던 건 아니지만, 그냥 실연당한 대학생이라면 마땅히 그래야만 할 것 같았다. 그리고 이 결정은 내 연애사에, 아니 인생 전체에 큰 전환점이 됐다. 마치 열두 살 호르헤가 사제가 되기로 한 것처럼.

그런 의미에서 그때 차인 건 내 인생 전체를 보면 좋은 일이었다. 프란치스코 교황의 실연도 마찬가지고. 만약 프란치스코 교황이 그때 고백에 성공해 사제가 되지 않았어도 누군가는 교황이 됐겠지만, 그 교황이 지금 프란치스코 교황만큼 사랑받기는 어려웠을 것이다.

퇴로를 막아라

앞에서 밝혔듯이 나는 대학에서 매우 낮은 학점을 받았다. 다행히 내가 입학한 영화과에는 나 같은 아이들이 많았는데, 우리 과에는 학점이 낮은 걸 쉴드 치는 기적의 3단 논법이 있었다.

(1) 어차피 영화 현장에서 일하는 데는 학점이 전혀 중요하지 않다.
(2) 그런데도 학점을 잘 받으려고 애쓰는 사람은 사실 장래에 영화를 할 생각이 없는 것이다.
(3) 고로 영화를 할 생각이라면 학점을 잘 받을 필요가 없다.

영화판은 험난하다. 지금은 현장이 시스템화가 되었지만, 내가 영화과에 처음 들어갔을 때만 해도 주먹구구식이 많았다. 일례로 군대를 전역하고 장편영화 연출부 막내를 한 적이 있는데 그때 받은 월급이 백만 원이었다. 참고로 촬영은 모두 지방에서 이루어졌고, 하루에 최소 12시간을 일했다. 당시 최저시급으로 따져도 반도 안 되는 돈이었다. 나만 멍청해서 그런 게 아니라 당시 업계 관례가 그랬다(현재는 기본적인 노동법이 준수되며 무엇보다 급여가 괜찮으니 학생들은 겁먹을 필요가 없다).

많은 영화인이 이런 착취를 감내한 이유는 꿈(감독)이 있기 때문일 것이다. 다행히 그 꿈이 이루어진다는 확신만 있다면 이런 고난쯤 얼마든지 버틸 수 있다. 하지만 실제로 감독이 되는 사람은 극히 일부이며, 그중에서 성공한 감독이 될 확률은 더 낮다. 이 사실을 당시 학생인 우리도 잘 알고 있었다. 왜냐면 영화판 선배라고 하는 사람들이 스무 살 애기들을 데리고 충고랍시고 "내가 너네 나이면 영화 안 한다" 같은 쓸데없는 말을 했기 때문이지. 그래서 상당수가 지레 겁먹고 다른 길을 택했다.

앞의 3단 논법도 그런 맥락에서 나온 말이다. 첫 번째, '영화 현장에서는 학점이 전혀 중요하지 않다'는 말은 완벽한 사실이다. 영화 일을 하면서 그 누구도 단 한 번도 내 학점을 물어본 적이 없다. 어느 학교를 나왔냐고 묻는 경우는 있었지만, 이건 "김○○ 알겠네?" 같은 시답잖은 인맥 찾기를 하려는 것이지 평가하는 것은 아니다. 물론 어느 곳에나 학벌을 중요하게 여기는 사람들은 있지만, 영화판은 상대적으로 그런 분위기가 적다. 심지어 영화와 전혀 상관없는 과를 나오거나 대학을 안 갔어도 크게 문제 되지 않는다. 적은 돈 받고 와서 착취를 당해주겠다는데 학벌을 신경 쓰겠냐고. 학교도 신경 안 쓰는데, 학점은 더더욱 신경 안 쓰는 거고.

그럼 두 번째 문장 '학점을 잘 받으려고 하는 이들은 사실 영화를 할 생각이 없다'는 진실일까? 이건 개인의 생각이나 가치관이 포함되는 부분이라 내가 판단 내리긴 어렵다. 하지만 학창 시절에는 이 의견에 적극적으로 동의했다. 더 나아가 학점을 아예 낮게 받아서 영화를 할 수밖에 없게끔 해야 한다고 생각했다. 방송국이나 학교, 영화사나 광고 대행사가 아닌 말 그대로 영화를 만드는 사람이 되겠다는 결기로 학점을 날려버리는 것이다(언급한 직업들은 시험을 보고 공식 절차를 통해 인력을 뽑았기에 학점이 중요하다). 다른 일은 못 하게 배수의 진을 치자는 거지. 이에 나 말고도 우리 과의 절반 정도는 기적의 3단 논법으로 무장한 채 배수진을 치고 함께 놀았다.

그리고 십여 년이 흘렀다. 이제 이 논리가 진실인지 평가

할 수 있는 때가 왔다. 연출, 연기를 합쳐 우리 과 한 학년은 40명이었다. 이 중에서 성적을 다 날리는 배수진을 쳤다고 할 만한 사람은 절반쯤 됐다. 40명의 동기 중에 지금도 영화 판에 남아 있는 사람은 넓게 봐야 5명이다. 10퍼센트를 겨 우 넘는다. 대부분은 다른 일을 한다. 앞에서 언급한 영화와 관련은 있지만 안정적인 일을 하는 이도 있고, 나처럼 전혀 다른 일을 하는 동기들도 많다. 그럼 영화를 하는 5명 중 배 수진을 쳤던 사람은 몇 명일까? 1명, 2명? 아니, 5명 다다. 학점이 나와 비슷한 수준이었던 동기들이 그나마 아직 영화 를 한다. 학점이 좋았던 친구들, 수석, 차석을 하던 동기들 은 열심히 노력한 결과 지금도 잘 살고 있지만 영화와는 별 관련 없는 일을 하고 있다.

그렇다. 배수진은 효과가 있다. 그것도 매우 강력하게. 영화를 할 때, 아주 운이 좋은 몇을 제외하면 언제나 위기의 순간이 온다. 배수진을 치면 (어차피 다른 길이 없으므로) 그 순간을 버틸 수 있다. 삶의 아이러니한 점은 100%가 98%보 다 쉽다는 것이다. 다른 옵션이 없을 때, 인간은 자신을 초 월한다. 이건 내 말이 아니라 자기계발서에도 종종 나오는 말이다.

하지만 여기서 잊지 말아야 할 건, 배수진을 쳤던 사람들 중에서도 4분의 3은 다른 길을 갔다는 것이다. 4분의 1, 인생을 걸고 도박하기에는 높은 승률이 아니다. 나만 해도 지금 영화 일을 하지 않으니까. 우리는 돌고 도는 딜레마 상황에 봉착한다. 확률이 낮다고 대책을 함께 마련하면, 확률은 더 떨어진다. 그렇다고 배수진을 치기에는 성공률이 높지 않다. 결국 선택은 각자의 몫이다. 어차피 자신의 인생은 자신이 책임져야 하니까.

단순한 나는 늘 배수진을 선택한다. 아마도 퇴로가 있으면 도망칠 성격이란 걸 알고 있기 때문일 거다. 영화뿐 아니라 연애에서도 마찬가지다. 퇴로가 생길 수 없게 모든 걸 퍼붓는다. 성공률은 비슷하게 1/4 정도 되는 것 같다. 과연 한 번의 기쁨이 세 번의 슬픔을 상쇄할 수 있을까? 앞으로는 모르겠지만 지금까지는 버틸 만했다.

키스 미 달링, 키스 미 키싱 투나잇

나는 키스를 좋아한다. 이렇게 말하면 섹스는 싫어하냐고 반문하겠지. 물론 섹스도 좋아한다. 하지만 키스는 다른 사람들보다 조금 더 좋아하는 것 같다. 책을 쓸 때 매번 책 앞날개에 있는 저자 소개를 바꾸는데, 『주인공은 선을 넘는다』에서는 이렇게 썼다.

낮에는 노동을 하고 밤에는 글을 쓴다. 글을 쓰는 것도 노동이므로 결국 하루 종일 일을 하는 셈. 주 40시간 노동이 목표지만 한동안 이뤄질 것 같지 않다. 어떤 권위에도 휘둘리지 않는 삶을 살아가려 노력하지만, 사랑에는 언제나 보호장치 없이 휘청이며 힘겹게 버티고 있다. 뜨거운 욕조에서 차가운 아이스크림 먹기, 와인 코르크

따기, 키스하기 직전의 설렘, 커튼 사이로 스며드는 오후의 햇살, 연인과 함께 맞는 휴일 아침을 좋아한다. 물론 대부분 시간은 골방에서 영화를 보며 지낸다.

좋아하는 것을 나열한 뒷부분을 하나하나 읽으며 '캬, 이 맛 알지' 하신 분들이 있다면, 동지여 반갑다. 나열한 다섯 개 모두 너무 쟁쟁하지 않은가? 작가들이 저런 걸 안 쓰고 출신 학교나 경력 등을 쓰면서 지면을 날리다니 안타까운 일이다. 아무튼 저 다섯 개 중 딱 하나만 꼽아보자. 우열을 가리기는 어렵지만, 단기간에 뇌가 느끼는 희열만으로 순위를 매긴다면 '키스하기 직전의 설렘'이 단연 최고가 아닐까 싶다. 아마 마약도 웬만큼 복용해서는 저 순간의 쾌감을 따라가기 힘들 것이다.

술자리에서 만난 누군가가 나에게 다짜고짜 키스를 하자고 한다면, "야 이 미친X야, 어디 더러운 입술을 들이대" 하고 경찰에 신고하는 것이 올바른 방법이겠지만, 아마 나는 열에 일곱 정도는 그냥 키스를 할 것이다(그런 일이 별로 없다는 게 함정). 물론 누군가가 그 정도 제안을 하는 분위기라면, 그 사람이 그 말을 하기 훨씬 전부터 나는 이미 그 사람의 입술을 바라보고 있었을 것이다.

이렇게 약을 팔았으나, 키스에 관한 에피소드를 풀어야지. 당연히 첫 키스의 추억이 가장 먼저 떠오르지만, 그건 나에게나 재밌는 이야기니 넘어가고, 두 번째 강렬한 키스에 관해 이야기해보자. 고백을 하자면 나는 머릿수로만 치면 여자보다 남자와 더 키스를 많이 해봤다. 두둥! 이성애자에게 이게 무슨 일인가. (숨겨왔던 나의 수줍은 마음 모두 내게 줄게~)

때는 21살, 장소는 다시 파리. 퀴어 퍼레이드가 열린 날이었다. 지금은 서울에서 열리는 퀴어 퍼레이드에 거의 매년 참석하지만, 당시에는 한 번도 가보지 않았을 때다. 하지만 국내 미술관은 안 가도 해외여행 가면 미술관에 가듯이 나는 파리에 가서 인생 처음으로 퀴어 퍼레이드에 참석했다. 소심한 성격인지라 특별한 코스튬을 하진 못했고, 얼굴에 무지개를 그리고 목에 손수건을 둘러서 살짝 티만 냈다.

축제는 재밌었다. 퍼레이드에 참석한 모든 이가 신기했다. 사람들의 신나는 표정과 에너지에 나 역시 덩달아 신이 났다. 퍼레이드 행렬이 지나갈 때 길옆으로 시민들이 환호해줬고, 집이 근처인 사람들은 발코니로 나와 환호했다. 섹스 중에 나왔는지 나체로 서 있는 연인들도 있었고, 자기 속옷을 벗어 던지는 이도 있었다. 평소라면 소돔도 아니고 이게 뭔 상황인가 싶겠지만, 원래 축제란 광적인 것이니까. 처음인 나조차도 홀린 듯이 소리를 질렀다.

퍼레이드가 끝나고 밤이 되자 골목골목 술집들은 발 디딜 틈 없이 붐볐다. 당시 나는 한 게이바에 들렀는데, 초대해준 친구가 자신의 친구들에게 나를 소개해줬다. 그렇게 술을 마시고 있는데, 한 남성이 와서 자신의 소원이 동양인 남성과 키스를 하는 것이라며 나에게 키스할 수 있겠냐고 물었다. 그날 이미 나의 한계를 깨는 장면을 많이 봤기 때문에 나는 기꺼이 그 제안을 받아들이고 찐한 키스를 해줬다.

만약 지금이라면 동양인 차별에 성희롱이라며 불쾌해했겠지만, 그때는 어리기도 했고 여행 중이기도 했고 축제 중이기도 해서 굉장히 즐거웠다. 성적으로 불끈불끈하진 않았지만, 여행과 축제를 제대로 즐기는 느낌이 확 들었다.

나는 그날 그 바에 있는 크리스, 로렁, 스테판, 필립, 에릭, 프레데릭, 올리비에, 다비드 등 수많은 남자와 키스를 했다. 정확히 기억은 안 나는데 20명은 넘었던 거 같다. 인기 있는 머신 앞에 사람들이 줄 서서 환호하는 모습이랄까. 조금 더 은밀한(?) 제의도 받았지만, 거기까진 살짝 무서워서 받아들이지 않았다.

퍼레이드를 하면서 야외에서 너무 많은 시간을 보내서인지, 혹은 타액을 통해 너무 많은 바이러스와 세균이 내 몸에 들어왔기 때문인지 3일 정도 앓아누웠다. 20명과 키스를 한 경험의 대가치고는 버틸 만했다. 앓으면서도 나는 진지하게 내가 범성애가 아닐까 하는 생각을 했다. 범성애가 아무나 붙잡고 다짜고짜 키스를 하는 건 아니지만, 범성애가 가능한 사람의 유형이 있다면 그게 나 같은 사람이 아닐까 하고 생각한 거지.

여자들은 종종 이성애자들끼리도 키스하는 경우가 있다. 실제로 하진 않더라도 여자와 키스를 해보고 싶다든지, 다른 여자 가슴을 만져보고 싶다고 말하는 이들을 주변에서 많이 봤다. 하지만 남자는 게이나 양성애자가 아니고서는 대부분 남자와의 스킨십을 극혐하는 경향이 있다. 그래서 이성애자 남자 중에 나만큼 다른 남성과 키스를 많이 해본 사람은 없을 것이라는 이상한 프라이드를 지금도 가지고 있다. 고작 하루 그런 것 아니냐고? 사실 그 이후에도 종종….

아무튼 결론은 그래서 나는 키스를 좋아한다. 마무리를 지으려고 하는 말인데, 앞의 일화 때문에 정체성이 조금 혼란스럽지만 오해하지 않기를 빈다. 하긴 오해한다고 하더라도 무슨 상관이겠냐마는. 그럼 앞의 일화를 덮기 위해 위인의 일화를 하나 덧붙이고 끝내야겠다.

아인슈타인은 상대성 이론이 무엇인지 묻는 학생에게 이렇게 답변한 적이 있다고 한다.

"사랑하는 여인과 키스를 하면 3분도 3초로 짧아지지만,

난로 위에 손을 얹어 놓으면 3초도 3분으로 길어집니다."

그렇다. 시간 여행은 현대과학으로는 불가능하지만, 키스로는 가능하다.

2

취향 없이 연애하기

나는 취향이 없다.
왜 첫 소절만 들었는데도
어떤 음악에 꽂힌 경험이 있지 않나?
이상하게도 나는
그런 적이 한 번도 없다.

취향 없이 연애하기

1995년 드라마 〈모래시계〉에서 아직도 기억하는 장면이 있다. 우석(박상원)이 선영(조민수)에게 프로포즈 하는 장면. 극 중 별로 중요한 장면은 아니었지만, 이상하게 내게는 아주 강렬하게 다가왔다. 우석이 프로포즈를 하자 선영은 자신을 사랑하느냐고 묻는다. 보통의 남자라면 거짓말이라도 그렇다고 대답하고 넘어갈 텐데, 모범생 우석은 이렇게 답변한다.

"사랑은 노력하는 거라고 생각해요. 난 노력할 준비가 되어 있어요. 평생 노력할 생각입니다. 이런 말로 안 되겠습니까?"

로맨틱하게 들리기도 하지만, 어쩌면 사랑하는 건 아니라고 들릴 수 있는, 묘하게 질문을 피해 가는 답변이다. 하지만 나는 이 대사에 크게 공감했다.

나는 취향이 없다. 왜 첫 소절만 들었는데도 어떤 음악에 꽂힌 경험이 있지 않나? 이상하게도 나는 그런 적이 한 번도 없다. 처음 듣자마자 어떤 음악에 꽂히지 않는 것처럼, 사람을 만나자마자 운명을 느끼는 그런 일도 없다. 물론 외모나 말투나 태도에서 호감을 느낀 적은 많지만, 그게 사람들이 말하는 운명적 끌림 같은 것은 아닐 것이다.

중학교 3학년 때 영화감독이 되기로 결심했다고 하면, 다들 "어린 시절부터 영화를 좋아했나 봐요?"라고 묻는다. 자연스러운 질문이다. 하지만 나는 중학교 때까지 극장을 가 본 일도 거의 없었고, 부모님이 주말의 명화를 보시지도 않으셨다. 만화영화를 좋아하긴 했지만, 또래 애들은 보통 다좋아했고 특별하다고 할 정도는 아니었다. 그런데 내 입으로 장래 희망이 영화감독이라고 말한 순간부터 나는 영화와 급격히 사랑에 빠졌다. 그러니까 영화와 사랑에 빠져서 영화를 하겠다고 한 것이 아니라, 반대로 영화를 하겠다고 한 순간부터 영화를 사랑하게 되었다. 그러니까 우석처럼 노력할 준비가 되어 있었던 거지.

이렇게 말하니까 무슨 감정도 없는 로봇이 명령을 수행하는 거 같지만(물론 전여친 중 몇몇은 나를 이렇게 평가하기도 했다), 오히려 반대에 가깝다. 나는 모든 사람에게는 각자의 매력이 있다고 생각한다. 그러니 그 매력을 찾아낸다면 누구와도 만날 수 있다. 그리고 사랑은 만나겠다고 결심한 순간부터 쌓아간다. 물론 이렇게 결심한다고 해도 만나 보니 영 아닌 사람도 있었지만, 그건 그냥 당시 상황이 안 맞는 것뿐이지 그 사람 자체가 매력이 없다거나 그런 건 아니었다. 사람은 누구에게나 매력이 있고, 나는 그 매력에 쉽게 빠지는 편이다.

이렇게 연애를 하다 보니, 내 연애의 가장 흔한 패턴은 내게 관심을 보인 사람과 연애를 하는 것이다. 특별히 호불호가 없으니, 나에게 호감을 표시하고 잘해주는 사람에게 내가 관심을 더 갖는 게 당연하지 않겠나. 연애하기 수월하기도 하고.

물론 이 방식에도 문제가 있다. 나는 연인이 된 후 감정을 쌓아간다. 그런데 상대방은 반대로 가는 경우가 많다. 그러니까 애초에 나에 대한 호감을 가지고 있다는 건, 어떤 환상을 가지고 있다는 건데, 막상 만나 보면 환상은 깨지기 마련이다. 그러면 애정이 갈수록 떨어진다. 결국 헤어질 때가 되면 상대방은 애정이 식었는데 나 혼자 뜨겁다. 그래서 부모님이 돌아가시자 그제야 말을 듣는 청개구리처럼 처음에는

온갖 쿨한 척 다 하더니 헤어진 후에 혼자서 슬퍼하고 지질
대는 거지.

그 때문인지 이상하게도 헤어진 연인 중에 나쁜 기억으로
남아 있는 사람이 없다. 심지어 그 사람이 딴 사람을 만나서
헤어졌다 해도 마찬가지다. 나는 솔직히 그쯤 되면 내 연인
이 딴 사람을 만나더라도 나와 헤어지지만 않으면 좋겠다고
생각한다.

친구에게 나쁜 기억으로 남은 연인이 없다는 말을 했더니
친구는 이렇게 답했다.

"근데 상대방은 너를 좋게 기억하지 않을걸. 보통 한쪽
은 그래. 그리고 보통 좋게 기억하는 사람이 연애할 땐
악당이더라고."

응, 뭐라고 친구야? 악당한테 한번 뒤져볼래?

아무튼 결론은 '사랑은 노력이다' 같은 뻔한 말은 아니고,
첫눈에 사랑에 빠지지 않는 사람도 열심히 하면 사랑할 수
있다는 것이다. 오히려 더 쉽다고 볼 수도 있다. 노력만 하
면 되는 거니까. 물론 그것도 쉽진 않지.

언젠가 읽은 에세이에서 별인 줄 알았던 하늘에 반짝이는
물체가, 사실은 우주정거장이나 인공위성임을 알게 되어 실

망하는 장면이 있었다. 그런데 나는 그 묘사가 참 이상했다. 아니, 인공위성이 어때서? 어떤 면에서 별보다 더 로맨틱한 것 아닌가?

별은 수백억 년의 우주적 시간에서 우연이 맞아야 겨우 우리 눈에 보인다. 하지만 인류는 노력을 통해 이 빛나는 별을 만들었다. 수백억 년의 시간의 역사에서 스쳐 지나가는 운명적인 사랑도 좋지만, 서로의 노력으로 운명을 만들어낸다면 그건 그 나름대로 로맨틱하지 않은가? 운명적 끌림이라고는 영화에서밖에 보지 못한 나는 그렇게 믿고 싶다.

퇴근하지 못하고 우리의 로맨스를 위해 하늘 위에 떠 있는 노동자들의 무한한 안녕을 빈다.

인생 영화

영화를 사랑하기로 결정한 그날부터 나는 매일 하루에 한 편씩 영화를 봤다. 그런데 그렇게 영화를 많이 봤음에도 어떤 영화를 좋아한다고 딱 잘라 말하지 못한다. 여전히 취향이 없다. 특정 장르도 특정 배우도 특정 감독도 좋아하지 않는다. 그냥 괜찮은 영화는 괜찮은 영화다. 당연히 많이 봤으니 어느 정도 영화를 보는 눈을 길렀고, 그 때문에 까탈스러운 건 맞지만 그건 취향과는 조금 다른 이야기다. 인생 영화와 잘 만든 영화는 다르다. 못 만든 영화도 얼마든지 꽂힐수 있다. 하지만 나에겐 그런 영화가 없다.

고등학교 시절 전교생이 내 장래 희망이 영화감독이라는 걸 알았다. 전교생 중에 영화감독 같은 걸 꿈꾸는 애는 나뿐이었고, 그러다 보니 학생은 물론이고 선생님들까지 영화이야기를 하고 싶으면 나를 찾아왔다. 진짜 영화를 잘 알았다기보다는 잡지에서 본 걸(주로 읽은 잡지는 지금은 사라진 ≪필름2.0≫) 마치 내 생각인 양 떠든 게 다지만 그것만으로도 당시에는 충분했다.

한번은 유도 특기생이라 학교 수업은 빠지거나 들어도 뒤에서 숙면을 취하는 R이 나를 찾아왔다. 그리고는 다짜고짜 인생 영화가 뭐냐고 물었다. 정확히 기억이 나진 않지만 아마도 나는 "영화 많이 보는 사람한테 인생 영화 이런 거 물어보면 어려워. 장르나 배우 시대별로 좋아하는 작품이 있고, 오늘 기분에 따라서도~~~" 이렇게 뻔한 말을 블라블라 했을 것이다. 내 말을 골똘히 듣던 R은 자기 인생 영화는 〈록키〉라고 했다. 실베스타 스텔론이 주연으로 나오고 복싱이 소재인, '빰, 빰빰빰, 빰빰빰, 빰빰빰~' 이렇게 썼지만 다들 알아듣고 흥얼거린 그 OST가 나오는 영화다. R은 자신이 〈록키〉를 백 번은 본 거 같다며 신나서 떠들었다. 물론 고등학생이 말하는 백 번은 그냥 많이 봤다는 정도의 의미고 실제로는 한 열 번쯤 봤겠지.

당시 나는 〈록키〉를 보기 전이었다. 우리 세대 영화도 아니고, 예술병에 빠져서 소위 말하는 영화제 영화들을 보고 있을 때여서 뻔한 스포츠 영화를 볼 생각은 없었다. 하지만 자존심에 못 봤다고 말하지 않고, 본 척하며 아무 말이나 했다. 정확히 무슨 말을 했는지 기억나지 않지만, 어쩌면 R을 깔보는 발언을 했을지도 모르겠다.

10년이 흘러 20대 후반이 되어서 이 일이 불현듯 떠올랐고 그제야 〈록키〉를 찾아봤다. 그리고 울어버렸다. 〈록키〉는 좋은 영화였다. 시골에서 가난하게 유도를 하던 R이 이 영화를 어떤 심정으로 봤는지 나는 잘 모르겠다. 그리고 어떤 마음에서 나를 찾아왔는지도 잘 모르겠다. 나는 당시에 했을 나의 멍청한 말(기억도 안 나는 걸 봐서 시시껄렁하기 그지없었을 말)을 참회했다. 물론 R은 순전히 재밌게 본 걸 이야기하고 싶어서 날 찾아온 것뿐인데, 내가 과대 해석하는 것인지도 모른다. 하지만 설령 그렇다고 해도 그 친구의 열정과 영화에 대한 애정은 내가 함부로 말할 수 있는 게 아니다. 안타깝게도 철이 없을 때는 그런 걸 모른다.

나는 지금 누군가 "인생 영화가 뭐냐?"고 물으면 〈록키〉라고 답변한다. 진짜 인생 영화를 찾기 전까지 이렇게 대답할 것이다. 영화 좀 봤다는 사람들 중 일부는 비웃을지 모르겠지만, 그건 그 사람의 인성이 부족한 탓이니 신경 쓸 필요는 없다.

아이스크림은 피스타치오지!

페미니즘 구호 중에 '나의 몸은 나의 것'이라는 말이 있다. 오랜 시간 여성의 결정권은 타인(아버지 혹은 남편)에게 있었고, 그녀들의 몸은 마치 물건처럼 끊임없이 약탈의 대상이 되었다. 이 구호는 그런 맥락에서 여성의 주체성을 찾자는 의미다. 당연히 나의 몸은 나의 것이다.

그런데 지금의 나를 형성한 게 꼭 나뿐이었다고 단언할 수 있을까? 어떤 면에서 나의 몸은 내가 사랑한 이들이 남긴 흔적의 총합이기도 하다. 나는 무색무취한 인간이지만, 지금의 나에게는 몇 가지 취향이 남아 있다. 원래 내 것이 아니라 내가 사랑한 사람들이 내 몸에 남긴 흔적이다.

(1) 나와 생일이 같은 고향 친구 J는 아주 멋진 남자다. 내

가 이성애자의 정체성을 가지고 보수적인 환경에서 자라서 그렇지, 조금 더 개방적인 환경이었다면 분명 J를 사랑한다고 여겼을 것이다. 중학교에서 처음 만난 J와 나는 생일이 같다는 이유로 금방 단짝이 됐다. 우리 둘은 늘 함께 다녔는데, 잘생긴 J에게만 선물을 주기 애매했던 여학생들은 나에게도 선물을 줬고, J에게 잘 보이기 위해 나에게도 잘 보였다. 슬프게도 내 인생을 통틀어 이 시기에 여학생에게 가장 많은 선물을 받았다. 물론 당시 난 그런 건 전혀 신경 쓰지 않았다. 왜냐면 주변 여학생들과 마찬가지로 내 관심은 온통 J에게 쏠려 있었으니까.

J는 여타 아이들과는 달리 한국 노래가 아닌 팝송을 즐겨 들었다. 집에는 팝 음악 CD가 가득했고, 팝 잡지를 읽었다. 나는 J의 취향을 그대로 흉내 냈다. J가 추천한 앨범을 사서 듣고, J가 듣고 싶다던 앨범을 먼저 사서 J에게 빌려주기도 했다(생각해보니 고도의 빵 셔틀). 아무튼 이때의 영향인지 K-Pop이 전 세계를 호령하는 지금도 나는 외국음악을 더 좋아한다. 물론 가사는 전혀 못 알아듣는다.

(2) 유럽 여행 중 프랑스에서 나보다 두 살 많은 P를 만났다. P는 지나가는 말로 자신이 독일 프라이부르크에서 공부 중이니 시간이 되면 놀러 오라는 말을 남겼다. 금사빠

인 나는 이미 사랑에 빠졌고, 시간은 남아돌았다. 그래서 P의 빈말을 진심으로 받아들여 아무 정보도 없이 당시 여행 책자에 나오지도 않는 프라이부르크 여행을 떠났다.

P는 당황했지만 어쨌든 찾아온 나를 반겨줬고, 열심히 케어해줬다. 심지어 나에게 기숙사 방을 내주고 자신은 친구 방에 가서 자기도 했다. P는 일과를 마치고 저녁이 되면 언제나 나와 함께 아이스크림을 사 먹었다.

그녀는 세 번 중 두 번은 피스타치오 맛을 골랐다. "아이스크림은 피스타치오지!" 이렇게 말하면서. 나는 지금도 독일 하면 베를린이나 뮌헨이 아니라 길 양옆으로 수로가 흐르는 프라이부르크의 골목과, 그 수로에 발을 담그고 아이스크림을 먹던 P를 떠올린다. 그리고 당연히 피스타치오 아이스크림을 제일 좋아한다.

(3) 반자본주의자이지만 자본주의 사회를 살 수밖에 없었던 나의 첫 여자친구 G의 싸이월드 대문에는 이렇게 쓰여 있었다. "돈을 모아 사랑하는 사람들과 바비큐 파티를 여는 거야. 돈을 쌓아 놓고 불을 붙여 고기를 굽는 거지. 그렇게 세상을 불태우는 거야."

지금 보면 오글거린다. '나는 가끔 눈물을 흘린다'와 별반 다르지 않다는 거 잘 안다. 하지만 그 당시에 이 오글거림은 나를 사로잡았고, 그녀는 내 눈에 세상에서 가장 쿨한 사람이었다. 그리고 그 이미지에 걸맞게 나에게 "안녕, 꼬맹아"라고 말하고는 홀연히 떠나버렸다. G의 영향으로 나는 지금도 스스로를 좌파에 공산주의자라 생각하며 회의주의적인 태도로 세상을 살아간다.

(4) 환경 운동을 하는 L을 만난 덕에 나는 지금도 환경 보호에 진심이다. 늘 자전거를 타고, '채식지향자'이며(채식주의자는 못 됐다는 소리. 고기♥), 냉난방을 극혐한다. 농담으로 가득 찬 내 인생에 그나마 진지한 구석이라면, 환경 보호를 위해 지질함을 감내하는 정도가 아닐까 싶다.

(5) 작가가 된 것은 M에게 차였기 때문이다. 정확히 말하자면 알고 지내던 M과 어쩌다 하룻밤을 보냈고, 남자친구가 있던 M은 이 일이 혼란스러웠는지 잠수를 타버렸다. 그리고 나는 그녀를 붙잡기 위해 마약에 관한 책을 썼다. 뜬금없는 전개이긴 한데, 마약에 관해서 썰 푸는 걸 듣고 M이 처음 나에게 관심을 보였기에 책을 써주면 좋아하지 않을까 하는 일차원적인 생각이었다. 꽤 그럴듯하잖아? 자신이 관심 있어 하던 주제에 대해 책을 써서 선물로 주다니. 예상하지 못했던 건 책이라는 게 원고를 다 써도 막

상 출판되기까지는 꽤 시간이 걸린다는 거지. 멋 있으려면 인쇄돼서 나온 책을 줘야 하거든. 결국 사건 발생 1년이 훌쩍 넘어서 책이 나왔고, M과는 다시 연락하지 못했다. 하지만 어쨌든 그녀 덕분에 작가가 됐다는 사실은 변함이 없다.

우리를 스쳐 간 사람들은 크든 작든 우리 인생에 흔적을 남긴다. 특히 사랑했던 사람이라면 가슴이 뻥 뚫리는 큼지막한 흔적을 남기며, 나처럼 취향이 없는 사람에게도 취향을 선물한다. 당연히 그 흔적이라는 게 꼭 좋은 것만 존재하는 건 아니다. 거지 같은 흔적도 남는다. 지나면 다 추억…이라는 건 멍멍이 소리고 평생 상처로 남거나 더러운 추억도 많다. 하지만 어쨌든 그 흔적은 사라지지 않는다. 가치관처럼 거대한 것부터 잠자리에서 좋아하는 체위, 재정 상태, 사소한 습관 하나에 이르기까지 그 흔적은 막강하다.

누군가는 상대에 따라 변하는 나의 일관성 없음을 비난할지도 모른다. 수많은 책과 카운슬러들은 스스로 독립적인 사람이 되라며 '자존감'을 강조한다. 하지만 아무리 생각해봐도 사랑하는 누군가 없이(그것이 꼭 연애 감정이 아니라 하더라도) 자존이 가능할 것 같지가 않다. 자존은 타인과 함께할 때 이루어진다.

세계 최대의 소금 사막인 유우니에 가봤는가? 끝도 없이 펼쳐진 하얀 사막. 혹시 못 가봤다고 해도 실망할 필요는 없다. 왜냐면 나도 못 가봤거든. 풍문으로 들은 내용인데 유우니에 가면 모든 연인이 그렇게 키스를 하고 껴안는다고 한다. 특히 우기에 가면 더 그렇단다. 바닥에 고인 물이 거대한 거울이 되어 하늘을 그대로 비춰 마치 그 지역 전체가 하늘 가운데 있는 느낌이 든다고 한다. 그러니 관광객은 마치 하늘에 붕 뜬 기분을 느끼게 되고, 존재론적인 불안함을 느낀 사람들은(나는 누구? 여긴 어디?) 연인과의 스킨십을 통해 자신의 존재와 위치를 확인한다나 뭐라나. 뭐 가봤어야 알지. 아무튼 위기감이 느껴지는 최후의 순간에도 우리는 타인을 통해 나를 확인한다.

그래서 길고 긴, 수많은 사람이 등장하는 이 두서없는 글의 결론은 단순하다. 나는 영화 〈록키〉를 좋아하고, 피스타치오 아이스크림을 사랑한다. 그리고 프롤로그에서 노래한 대로 내 인생에 영향을 준 모든 사람들을 사랑한다.

아이스크림은 역시 피스타치오지!

당신이 좋아하는 아이스크림은?

그 사람이 좋아하던 아이스크림은 무엇인가요?

당신이 사랑하는 아이스크림은 무엇인가요?

[그림 2-1] 국내 출시된 배스킨라빈스 아이스크림 판매 순위

판매 순위	상품	국내 출시
1위	엄마는 외계인	2004년
2위	아몬드 봉봉	2004년
3위	민트 초콜릿 칩	1990년대
4위	슈팅스타	2001년
5위	체리쥬빌레	1988년
6위	바람과 함께 사라지다	2004년
7위	뉴욕 치즈케이크	2007년
8위	쿠키 앤 크림	2019년(리뉴얼)
9위	이상한 나라의 솜사탕	2012년
10위	베리베리 스트로베리	1990년대

그나저나 피스타치오랑 그린티 왜 없지? 나 그것만 먹는데….

내 눈을 바라봐

대학에서 연기 수업을 들은 적이 있다. 연출 전공이라 필수는 아니었지만, 연기를 배울 수 있다니 거절할 수 없지.

첫 시간. 몸풀기를 마치자 선생님은 무작위로 파트너를 정해준 다음, 1분간 서로 눈을 바라보는 훈련을 시켰다. 연기는 호흡이 중요한데 많은 한국인이 상대방의 눈을 제대로 쳐다보지 못해 연기 자체를 못한다나 뭐라나. 나는 선생님의 말대로 상대방의 눈을 제대로 쳐다보지 못하는 그 전형적인 한국인이다. 내 짝은 한 학년 위의 연기 전공 선배 T였다. 그 수업 이전에는 별로 말도 안 해본 선배였으니 수업취지에 딱 맞는 파트너라 하겠다.

선생님은 1분간 시선을 피하지 않는 사람들은 조기 퇴근해도 좋다고 했다. 수업에는 20명 정도의 학생들이 있었다.

정확히 기억은 안 나지만 대부분이 1분을 버티고 퇴근했다. 그리고 드디어 우리 차례. 그 선배와 가까운 거리에서 눈을 바라보고 1분을 버티기만 하면 됐다. 선생님은 사팔뜨기를 하거나 눈을 보는 척하며 이마나 코 등 다른 곳을 바라보지 말 것을 주문했다. 그야말로 연인을 바라보듯 그 사람 눈을 바라보라고. 그런데 선생님, 저는 이제껏 짝사랑만 해서 연인을 그렇게 바라본 적도 없다고요. 하지만 뭐 1분이야 버티려고 버티면 못 할 것도 없지.

선생님이 선배와 나 사이를 가리던 막을 빼면서 우리의 눈 바라보기가 시작됐다. 그런데 1분이 이렇게 길었던가. 한 30초쯤 지났을 때 나는 도저히 버티지 못하고 시선을 돌려버렸다. 호흡이 가쁘고 심장이 더없이 쿵쾅거렸다. 선생님이 물었다.

"왜 문제 있어?"
"모르겠어요. 그냥 조금만 더 바라보면 사랑에 빠질 것
 같았어요."

10년이 넘었지만 나는 아직도 내 대답이 선명하게 기억난다. 왜냐면 이걸로 동기들에게 한 달은 놀림을 받았기 때문이지. 하지만 선생님은 이 답변이 마음에 들었는지 아니면

그냥 귀찮아서인지 웃으면서 우리를 퇴근시켜줬다. 옷을 갈아입고 나오는데 선배는 원래 자리에 그대로 앉아 있었다.

"선배님, 안 가세요?"

선배는 내 시선을 돌리게 했던 유난히 큰 눈을 깜빡이며 나를 골똘히 쳐다봤다. 확실히 연기 전공이라 그런가 나와는 달리 눈을 바라보는 데 능숙했다.

"그냥 네 답변을 생각하고 있었어."

이번에도 내가 눈을 피하며 고개를 숙였다.

"죄송합니다. 난처하게 할 생각은 아니었어요. 선배."
"아냐, 괜찮아. 나는 이해가 가더라고. 나도 연기할 때 종종 그런 느낌 받을 때 있거든. 오후야, 너 의외로 연기를 잘할지도 몰라."

선배의 기대와 달리 이후 나는 연기와는 아주 먼 길을 걸었고, 모르는 타인의 눈을 바라보다 사랑에 빠진 그때의 감정을 다시 느낀 적은 없다. 사실 나 같은 자의식 과잉인 사람은 연기를 잘할 수가 없다. 하지만 선배가 그때 왜 그런 말을 했는지 조금은 이해가 간다.

배우를 평가할 때 눈 연기(눈빛 연기) 같은 표현을 쓰곤 하는데 사실 눈 연기는 없다. 시선 처리 같은 몇몇 스킬은 있지만, 우리가 눈 안의 무언가를 임의로 조정할 순 없으니까 눈 자체로 연기를 한다고 보긴 어렵다. 하지만 눈은 바라만 봐도 어떤 이야기를 하는 것처럼 보인다. 특별한 감정을 전달한다. 그래서 영화에서 클로즈업이 그렇게도 강렬한 것이다. 허경영 씨가 괜히 '내눈을 바라봐'라고 노래를 부른 게 아니다. 그 눈에 빠지면 전 재산을 갖다 바치는 거지.

추신) 나와 눈 마주보기 연습을 했던 선배는 누구나 다 아는 유명 배우가 되진 않았지만, 지금도 꾸준히 연기 활동을 하고 있다. 여전히 천진난만한 눈을 깜빡이면서. 나는 그 선배가 나온 영화는 지금도 꾸준히 챙겨본다. 한 학년에 20명이던 연기 전공 학생 중에 지금까지 연기를 하고 있는 이는 2~3명밖에 되지 않는다. 그날 혼자 남아 지난 수업을 복기한 그 선배는 떡잎부터 튼실했다고 할 수 있지. 지금도 종종 그날 선배의 눈이 생각난다. 선배도 그날을 기억하고 있을지 궁금하다. 그나저나 코로나 때문에 마스크를 쓰니까 눈만 보여서 그런가, 왜 이렇게 다 선남선녀로 보이는 거야.

마기꾼 = 마스크 + 사기꾼, 마기꾼 효과란 마스크로 얼굴을 가리면 얼굴이 더 아름답고 매력적으로 느껴지는 현상을 말한다.

일단 사과를 하고 시작하자면, 이 표현에는 문제가 있다. 마스크를 쓰는 사람 대부분은 패션으로 쓰지 않기 때문에 그걸 놓고 얼평이나 하는 것은 매우 올바르지 못하다. 그러니 여러분들은 하지 마시라. 믿거나 말거나 나는 과학적인 이야기를 하려는 것뿐이다.

2021년 펜실베니아대학교와 템플대학교 공동 연구팀은 496명의 참가자를 대상으로 마스크가 매력에 끼치는 효과를 확인했다.

먼저 연구팀은 참가자들에게 마스크를 쓰지 않은 남녀 서른 명의 사진을 보여주고 오직 얼굴만으로 매력 점수를 매기게 했다. 그리고 점수에 따라 서른 명을 상중하 세 그룹으로 나눴다. 다음으로 같은 사진에 마스크를 씌운 후 다시 매력 점수를 매기게 했다. 그러자 세 그룹 모두 점수가 높아졌다. 효과는 원래 매력이 낮게 평가된 얼굴일수록 더 컸다. 하 그룹은 평균 71% 점수가 상승했고, 중 그룹은 29%, 상 그룹은 11% 상승했다. 외모가 아주 뛰어난 이들 중에는 마스크 착용 후 점수가 떨어지는 경우도 있었지만 극히 일부였다. 영국과 일본에서도 비슷한 연구를 진행됐는데 비슷한 결과가 나왔다.

마기꾼 효과가 사회적으로 이슈가 된 건 코로나19 팬데믹 이후다. 그래서 연구자들은 이것이 마스크가 갖는 사회적 의미가 '병약함'에서 '법을 준수하고 건강함' 나아가 '나를 치료해줄 수 있는 의료인'의 이미지가 부각되면서 사람들이 마스크 쓴 얼굴을 매력적으로 느끼게 됐다는 해석을 내놓았다. 물론 그런 측면이 없진 않을 것이다. 확실히 코로나를 전후해서 마스크의 이미지가 달라졌다.

하지만 코로나 이전에도 마기꾼 효과는 존재했다. 반도체를 포함한 전자 관련 산업단지나 의료 현장에서는 마스크를 착용하고 업무를 하는 경우가 많은데, 이 때문에 상대방을 매우 매력적으로 느낀다는 일화가 인터넷 커뮤니티에서 오래전부터 떠돌았다. 마찬가지로 중동 여성들에 대한 나쁜 농담에서도 비슷한 이야기가 많다.

그렇다면 마스크만 썼을 뿐인데, 왜 매력적으로 보이는 걸까? 원인은 크게 두 가지로 생각해볼 수 있다. 일단 상대방이 마스크를 쓰면 시선이 상대방 눈에 몰리게 된다. 앞서 나의 경우를 봤듯이 눈은 매력적으로 보일 가능성이 높고, 바라보다 보면 사랑에 빠질 수 있다. 또한 사람의 뇌는 보이는 부분을 바탕으로 보이지 않는 부분을 상상하게 마련인데, 눈이 상대적으로 매력적이다 보니 마스크로 보이지 않는 다른 얼굴 부위도 매력적으로 채우는 것이다. 이놈의 뇌는 망상을 할 때만 일을 열심히 한다.

그래서 결론은,

여러분 마스크 쓰세요. 건강도 지켜주고 매력도 올려줍니다.

베르테르의 슬픔

　모두 자신의 장점을 살려서 매력을 어필한다. 글 쓰는 데 자신이 있었던 나는 이따금 편지로 매력을 어필하곤 했다.

　그런데 이 편지라는 것이 쓰다 보면 받는 사람보다 편지를 쓰는 사람이 그 내용에 더 심취하곤 한다. 편지에는 당연히 현실에 대한 편집이 들어가는데, 그로 인해 자신이 지금 중요하게 생각하는 부분이 실제보다 더 강화되면서 편지에서 그린 내용에 더 집착하는 악순환이 발생한다. 마치 눈을 바라보면 누구나 사랑하게 되듯이, 편지를 받는 대상이 이상화된 존재가 되면서 그 존재와 사랑에 빠지는 것이지.

　나폴레옹은 역사상 사랑 편지를 가장 많이 보낸 유명인 중 하나다. 그는 전 세계 전장을 떠돌아다니면서 아내 조세핀에게 무려 7만 5천 통의 편지를 보냈다. 부관들은 전장에서 줄창 아내에게 편지만 쓰고 있는 대장을 바라보며 대체 조세핀의 매력이 뭐냐고 투덜거렸다. 하지만 내 생각에 나폴레옹은 조세핀의 매력에 빠져 편지를 쓴 게 아니다. 오히려 편지를 쓰면서 이상화된 조세핀에게 빠져버린 거지.

편지의 이런 자기 암시적 성격에 비극성이 더해지면 감정은 나 홀로 폭주하게 된다. 소설 『젊은 베르테르의 슬픔』이 이를 잘 보여준다. 베르테르는 짝사랑하는 상대인 샤를로테에게 절절하게 편지를 쓰다가 마지막에는 스스로 목숨을 끊는데, 객관적으로 보자면 베르테르와 샤를로테는 전혀 그럴 만한 사이가 아니었다. 소설을 보면 알겠지만 둘 사이에 실제 썸씽은 거의 없다. 하지만 베르테르는 편지를 쓰면서 혼자 사랑을 키워나가며 스스로 자신의 삶을 비극으로 몰아넣더니 결국 자살에 이르게 된다.

그런 면에서 헤어지자는 연인에게 매달리는 편지는 절대 쓰지 마시라. 감정에 과몰입해서 자신의 슬픔만 배가된다. 상대방은 당신에게 그런 감정이 아닌데, 자신만 슬픔에 빠져 혼자 오버하는 편지를 쓰게 될 확률이 매우 높다. 상대방은 당신을 동정하겠지만, 그렇다고 당신에게 돌아오지는 않는다. 이렇게 잘 아는 이유는 내가 그런 편지를 몇 번 써봤기 때문이지. 글쓰기가 그나마 특기인 나는 어떻게든 붙잡으려고 편지라는 수단을 쓰긴 하지만, 여러분은 부디 그런

위기를 스스로 맞이하지 않길 기원한다. 혹시나 하는 마음에 돌 한 번 던져 보는 것이겠지만, 그 돌에 내가 서 있는 바닥이 와장창 깨질 수 있다.

재미

중학교 친구 Y(남자)와 Z(여자)가 있다. 이들은 중학교 때 연인이 되었는데, 그 후 10년이 넘게 만났다 헤어지기를 반복했다. Z를 알게 된 것도 원래 친구였던 Y가 소개해줬기 때문이다. 몇 년 전, 고향에 내려가다 우연히 Z를 만나 함께 버스를 탔다. 나는 자연스레 Y의 안부를 물었다. Z는 정색하며 Y와 헤어졌다고 알려줬다. 고향에 도착해서 Z와 맥주를 한잔 마셨다. 그리고 다른 이야기를 들었다. 며칠 전, 헤어진 Y에게서 연락이 왔다는 것이다.

나: 뭐래?

Z: 남자가 전여친한테 밤늦게 전화하면 뻔한 거 아냐?

나: 아휴, 몸이 외롭네. 몸이 외로워.

Z: 그런 거야?

나: 99퍼센트.

Z: 1퍼센트는 뭔데?

나: 보험 가입 권유?

Z: 미친.

나: 농담이야. 정색하기는. 뭐래? 다시 만나재?

Z: 응.

나: 왜?

Z: 왜냐니? 나 별로야?

나: 아니 그런 게 아니고, 그냥 나는 그렇게 누군가와 만나고 헤어지고를 여러 차례 반복해본 적이 없어서. 뭐라고 하디? 싹싹 빌어?

Z: 아니. 그랬으면 다행이지. 이 미친놈이 뭐라고 한 줄 알아? 그냥. 내가 없으니 심심하대.

나: 그게 다야?

Z: 응, 어이없지?

나: 음… 모르겠다. 원래 연인들은 자기들만의 언어가 있으니까. 넌 어때?

Z: 뭐가?

나: 다시 만나고 싶어?

Z: 됐다 그래. 나도 딴 사람 좀 만나보자. 중학교 때부

터 질린다 질려.

나: 뭐, 그것도 나쁠 거 없지. 나는 찬성. 근데 궁금한게,
　　그래도 너네 오래 같이 있다가 이제 혼자가 된 거잖
　　아. 뭔가 달라진 거 없어?

Z: 달라진 거? 글쎄… 그냥 나도 좀 심심하네. 요즘 뭔
　　가 재미가 없어.

　나는 이날의 대화를 지금도 종종 떠올린다.

　인터뷰를 하다 보면 '어떤 작가가 되고 싶냐?'는 식상한
질문을 종종 받는다. 그럴 때면 나는 언제나 한결같이 '재밌
는 작가'라고 대답한다. 1시간 전에 한 말도 잊어버리는 나
에게 이런 일관성은 드문 일이다.

　재미라는 말은 여러 가지 의미를 지닌다. 당신이 영화를
보고 왔다고 하면 사람들은 이렇게 물을 것이다. "그 영화
재밌어?" 만약 당신이 웃긴 영화를 봤다면 당신은 재밌다고
할 것이다. 슬픈 영화를 봤어도 재밌다고 할 것이고, 감동적
인 영화를 봤어도 재밌다고 할 것이다. 심지어 생각할 거리
가 있는 영화를 봤어도 재밌다고 답할 것이다. 그게 어떤 영
화였든 우리에게 무언가를 줬다면 우리는 그 영화를 '재밌
다'고 표현한다.

　작가로서 나의 목표를 묻는다면, 당연히 "많은 책을 팔아

치워 돈을 버는 것"이라고 답할 것이다. 하지만 만약 작가로서 가장 슬픈 일이 무엇이냐고 묻는다면, "내 책을 읽은 사람들이 더 이상 내 새 책이 재미가 없다고 생각하는 것"이라고 답할 것이다. 재미는 아무것도 아닌 것 같지만, 어찌 보면 모든 것이다.

연애에서도 마찬가지다. 나는 Y가 Z에게 한 말("네가 없으니 심심해")은 사실 가장 강력한 고백이라 생각한다. 네가 없으니 삶의 의미가 없어졌다는 고백인 셈이지(친구라고 너무 좋게 해석해주는 건가?).

내가 연애에 골몰하는 이유 역시 마찬가지다. 연애가 없으면 인생이 재미가 없다. 연애가 주는 슬픔과 기쁨과 마음졸임, 분노, 열정 그 모든 것이 인생의 재미다. 그래서 내가 키우는 개의 이름이 '재미'인 것은 아니지만, 재미는 인생의 가장 큰 요인이다. 물론 그런 감정을 느낄 당시에는 하나도 재밌지 않고 피골을 상접하게 만들겠지만.

추신) Z는 자신의 말과 달리 얼마 안 있어 다시 Y를 만나 몇 년을 더 연인 관계로 지냈다. 지금은 두 사람 모두 다른 사람을 만나 결혼했다. 사는 곳이 달라 자연스레 두 사람 모두와 연락을 하고 있진 않지만, 두 사람 모두 재밌는 사람을 만나 재밌게 살고 있기를 빈다.

재회

"헤어졌던 사람들이 다시 만날 확률은 82%래. 근데 그렇게 다시 만나도 그중 잘되는 사람들은 3%밖에 안 된대. 나머지 97%는 같은 이유로 다시 헤어지는 거야."

영화 〈연애의 온도〉에 나오는 대사다.

그런데 아무리 찾아봐도 이 통계는 어디서 온 것인지 확인이 안 된다. 혹시나 하는 마음에 일주일 넘게 인터넷을 뒤졌지만 전혀 근거를 찾을 수 없었다. 아마 시나리오 작가가 대충 만든 숫자겠지.

솔직히 잠깐만 생각해봐도 이 통계는 불가능하다는 느낌이 온다. 재회하는 비율과 그 이유를 어떻게 조사하겠냐고. 그걸 알면서도 자료를 찾아야 한다니. 책을 쓴다는 건 이런 일이지.

아무튼 차근차근 생각해보자. 일단 수치가 터무니없다. 연인 관계는 서로에게 쏟은 시간과 정성이 있기 때문에 일종의 매몰 효과가 발생하고, 이에 따라 다시 연결될 확률이 상당히 높다. 어쨌든 전혀 모르는 사람보다야 과거에 만난 사람을 다시 만날 확률이 높다. 하지만 그 확률이 82%라는 건 아무리 생각해도 터무니없다. 5명 중의 4명이 헤어진 연인과 재회한다는 소린데, 주변 사람들의 경우를 아무리 떠올려 봐도 너무 큰 차이가 난다. 뒤는 더 가관이다. 재회한 커플의 97%가 다시 깨진다는 건 또 어떻게 조사하냐고. 그리고 그 이별 요인이 그전과 똑같다는 건 어떻게 확인했고.

하지만 숫자의 사실 여부와 별개로 저 대사를 가짜 뉴스라고 생각하진 않는다. 왜냐면 사람들은 저 대사가 주고자하는 느낌을 정확하게 받아들이거든. 사람들은 과거를 잊지 못하고 재회하지만, 보통 과거에 헤어졌던 이유와 정확히같은 이유로 다시 헤어지곤 한다. 누구나 한 번쯤 그런 경험이 있을 것이고 나도 있다. 그러니 작가도 저런 대사를 썼겠지. 인공지능이 앞으로도 알 수 없는 것이 있다면 저런 게아닐까 싶다.

수치는 거짓이지만 저 말이 진실이라는 것.

재미 2

재미 이야기가 나온 김에 재미 이야기를 해야겠다. 재미는 8살 된 강아지다. 물론 체구나 나이상 강아지보다 개가 더 정확한 표현이겠지만, 70 먹은 노인도 90 부모에게는 영원히 아기이듯이, 재미 역시 나에게는 강아지다.

재미는 전전전~ 여자친구와 입양했다. 전전전~ 여자친구라는 말은 헤어진 지 한참 됐다는 말이지만, 헤어져도 아이는 함께 키우듯이 우리는 개를 함께 키운다. 물론 개는 1인 가정보다는 여러 사람이 사는 곳에서 키우는 것이 더 좋기에 재미는 주로 가족과 함께 사는 전여친네 집에 머물지만, 종종 나와 시간을 보낸다. 나는 가능하면 일주일에 서너 번 정도는 산책을 시켜주려고 하고 있다. 그냥 그 집에 비밀번호를 누르고 들어가 재미에게 줄을 채워서 산책시켜주고 다시 비밀번호를 누르고 들어가 발을 닦아주고 집에 간다. 워낙 일상적이라 전여친이나 전여친네 부모님은 집에 있더라도 내 방문을 거의 신경 쓰지 않는다.

"우리 아이는 물지 않아요"

견주들이 입버릇처럼 하는 말이라지만 재미는 문다. 모르는 사람이 자신에게 다가오면 달려들고, 심지어 나나 가족들을 문 적도 많고 응급실에 간 적도 있다. 특히 동물 혐오가 심해서 개가 지나가면 미친 듯이 달려들고, 고양이에게는 한 번 할큄을 당한 적이 있어서 호시탐탐 복수를 노린다. 비둘기 떼를 쫓아내면 세상을 다 가진 듯 고고한 걸음걸이로 걷는다.

다행히 어느 정도 훈련이 되어서(혹은 나이가 들어서) 이제는 주변 사람을 물진 않지만, 여전히 성깔은 고약하다. 하지만 겉으로는 착하게 생겼기 때문에 아무리 'No Touch'를 줄에 달아 놔도 사람들은 한 번 만져 보려고 다가왔다 재미의 개지랄에 깜짝 놀라곤 한다.

재미가 왜 이런 성격을 가졌는지 모르겠다. 보통 이런 이야기를 하면 "주인 닮아서 그렇다"곤 하는데 나는 인정하지 않는다. 나는 아무도 물어본 적이 없다. 물론 문 적이 있긴 한데 그건 잠자… 아무튼 산책하는 사람을 문 적은 없다.

재미는 입양되기 전 공장 지대에서 살았다. 밤새 돌아가는 기계 소리와 오염된 물로 인해 스트레스를 심하게 받은 것 같다. 어린 시절 몸이 안 좋아 수술도 여러차례 했다. 수의사가 죽을 수도 있으니 마음의 준비를 하라고 했고 우리는 밤새 울었지만 재미는 이래저래 살아남았다. 아마도 까칠한 성격은 그 시절 형성된 게 아닌가 싶다. 재미는 외부로 나가면 늘 긴장한다. 이걸 한번 고쳐 보려고 개통령 강형욱 님이 운영하는 훈련소에도 데리고 가서 정기적으로 훈련받았지만 별로 나아지지 않았다. 개통령은 많은 개를 치유했지만 재미는 바꾸지 못했다. 개통령마저 실패한 이후에는 그냥 이건 재미의 성격이고 취향이니까 존중하며 살기로 했다.

하지만 그런 재미도 가족들에게는 한없이 애교를 부린다. 물론 다른 개에 비해서는 좀 부족하고 자신이 원하지 않을 때 스킨십을 하면 꺼지라고 할 때도 있지만, 아무튼 여타 다른 반려견과 마찬가지로 애교를 부린다. 그리고 굉장히 똑똑해서 웬만한 말은 다 알아듣는다. '앉아'나 '손' 같은 건 기본이고 '물어와'나 '돌아', '엎드려' 등등 몇 번 가르치면 대부분의 행동을 수행한다. 물론 간식이 손에 없다면 듣고도 모르는 척하지만.

재미는 나이가 들수록 점점 더 외부 환경에 적대적이 되어간다. 사람이든 동물이든 나이가 들면 새로운 것에 적응하기가 어려워지는데, 원래 지니고 있던 까칠한 성격까지 더해져서 폐쇄성이 극에 달했다. 이럴 때일수록 새로운 것을 많이 접하게 해주라는 개통령의 조언에 따라 산책할 때 일부러 새로운 코스로 가려고 하는데, 처음에는 가기 싫은 표정으로라도 끌려가다가 조금 더 멀어지면 몸을 바닥에 딱 붙이고 전혀 움직이지 않는다. 어쩔 수 없이 익숙한 산책 코스를 따라가면 재미는 그제야 긴장을 풀고 신나게 꼬리를 흔든다.

재미가 새로운 사람과 사귀는 건 이제 완전히 불가능해진 것 같다. 모르는 사람과 개가 친해지는 가장 쉬운 방법은 간식이다. 자신의 냄새를 맡게 해주고 적대감을 없앤 뒤 간식을 주면서 친해지는 게 정석이다. 그런데 재미는 아는 사람이 주는 간식 외에는 절대 받아먹지 않는다. 정확히 말하면 간식을 주려는 사람이 자신에게 위해를 가한다고 생각하고 간식을 뺏으려 든다. 그러니 간식을 주는 행위가 오히려 적대감을 불러일으킨다. 그러니 친해질 수가 없지. 재미는 네살 이후 만난 그 누구와도 유대 관계를 형성하지 못했다.

그런데 이게 참 묘한 감정을 불러일으킨다. 재미를 입양한 후, 재미는 내가 만난 여친들과 대부분 만났다. 그중 재미가 네 살 이전에 만난 사람들과는 어느 정도 우호 관계를 맺었다. 재미는 한 번이라도 친해진 사람이라면 아무리 오랜만에 만나도 알아보고 꼬리를 흔들고 만져달라고 벌렁 드러눕는다. 반면 네 살 이후에 만난 사람들과는 친해지지 못했다.

그러다 보니 종종 재미가 일종의 타임캡슐처럼 느껴진다. 재미가 나의 과거 기억을 지금도 그대로 품고 있는 것처럼 느껴진달까? 시간이 흐름에 따라 나와 주변인들의 감정은 변했는데, 재미는 그때의 감정을 그대로 품고 있다. 아마 전여친들도 그런 느낌을 받는 것 같다. 그래서 전여친 중 한 명은 종종 재미가 보고 싶어서 연락을 해오곤 한다(처음에는 나를 보기 위한 수작질이라고 생각했는데, 이야기해보니 정말 재미를 보고 싶어 했다. 아, 개만도 못하다니⋯).

재미가 나이 들수록 지난 추억도 점점 커진다. 내가 전여친들과 사이좋게 지낼 수 있는 것도(물론 모두는 아니다) 어쩌면 재미가 있기 때문이 아닐까 생각한다. 좋았던 시간이 재미라는 타임캡슐을 타고 지금까지 전해지는 거지. 비록 지금은 그런 감정이 아니지만, 만날 때만이라도 우리는 과거로 돌아간다.

그런 이유 때문은 아니지만, 요즘 따라 재미가 있어 다행이라는 생각을 자주 한다. 머리가 복잡할 때는 재미를 데리고 산책하러 나간다. 재미를 꼭 안으면서 기도한다. 부디 오래도록 건강하길. 물론 재미는 한결같이 '이 닝겐이 왜 이러나' 하는 표정을 짓지만.

3

새로운 것이 좋아

딱 한 가지
일관된 취향이 있다면,
그건 새로운 것에 대한
호기심이다.

새로운 것이 좋아

새로운 것을 좋아한다. 앞에서 취향이 없다고 말했지만, 딱 한 가지 일관된 취향이 있다면, 그건 새로운 것에 대한 호기심이다. 나는 영화도 음악도 음식도 웬만하면 새로운 것을 선호한다. 해보지 않은 일에 대해 제의가 들어오면 거의 절대라고 할 만큼 거절하지 않는다. 그리고 즐겁게 한다. 이런 호기심 덕분에 웬만해선 하지 못할 경험(혹은 해서는 안 될 경험)도 많이 해봤다.

네 살 때 일이다(물론 이때 일은 전혀 기억하지 못하므로 어머니에게서 전해 들은 내용이다). 부모님은 나를 어린이집에 보내려고 했다. 지금은 걸음마만 떼도 어린이집을 보내지만, 당시에는 유치원에 가기 전에 어린이집을 잘 보내지 않았다. 그런데 부모님은 두 분 다 장사를 하셨기 때문에 아이를 어딘가에 맡겨야 했다. 어머니는 조심조심 어린이집 이야기를 꺼냈다. 그런데 예상외로 내가 아주 흔쾌히, 어머니가 섭섭해할 정도로 쿨하게 받아들였다고 한다.

바로 다음 날 나는 어린이집에 입학했다. 그리고 3일 동안 깨우지 않아도 혼자서 일어나서 어린이집에 갈 준비를 하고 봉고차를 기다렸다. 그런데 나흘째 아침, 나는 갑자기 돌변하여 더는 어린이집에 가지 않겠다고 선언했다. 침대에 누워 절대 안 가려고 울고불고 난리를 쳤다고. 어머니가 진지하게 물었다.

엄마: 왜, 왜 가기 싫은데? 누가 괴롭혀?

나: 아니, 그런 거 아냐

엄마: 그럼 왜? 뭐가 문젠데?

나: (울음) 나 이제 거기 있는 장난감 다 만졌단 말야.

어머니는 결국 어린이집에 전화를 걸었다. 환불이 어렵다고 했지만, 이미 내 결정은 내려진 뒤였다. 어머니는 한 달 치 회비를 날리고 가게에서 나를 돌보며 (아마도 나를 저주하며) 장사를 해야 했다.

2년 뒤, 부모님은 유치원에서도 같은 일이 벌어질까 걱정

했지만 다행히 그러진 않았다고 한다. 내 생각에 아마 그쯤부터 내가 인간관계에 눈뜬 게 아닌가 싶다. 인간관계는 같은 사람과의 관계라 할지라도 매일매일 변하니까 질릴 틈이 없는 거지. 결국 호기심의 끝은 사람일 수밖에 없다. 이후 나는 유치원이든 학교든 가는 것을 매우 좋아하는 불량 학생이 되었다. 그곳에 나의 친구들이 있으니까.

내가 연애를 좋아하는 이유도 그 대상이 사람이기 때문일 것이다. 사람은 모두 다르다. 우리는 입버릇처럼 그놈이 그놈이고, 그년이 그년이고, 그년도 그놈이라고(양성애자 친구가 한 말이다) 하지만, 그렇게 말하는 사람치고 다시 연애 안 하는 사람을 본 적이 없다. 사람은 얼핏 보면 다 비슷한 것 같지만, 만나 보면 모두가 다르다.

그리고 그놈이 그년이라 다 똑같다 하더라도 누군가를 만날 때마다 변하는 나의 모습으로 연애는 늘 새로운 것이 된다. 나는 나의 가장 멋진 모습과 가장 지질한 모습, 가장 용기 있는 모습과 가장 비열한 모습을 모두 연애하면서 알게 됐다. 자신의 밑바닥을 보고 싶은가? 연애를 하시라. 자신이 얼마나 형편없는 인간인지 알게 될 테니. 어느 영화의 제목처럼 사랑할 땐 누구나 최악이 된다. 물론 아주 가끔 최상도 된다.

Q. 내 연인의 또 다른 연인, 가능합니까?

최근 지인들과 연애에 관한 이야기를 하다 보면 가장 많이 나오는 주제가 폴리아모리다. 흔히 '비독점적 다자연애'라고 번역하는 연애 방식, 사람은 모두 각자의 고유성이 있으니 아무리 연애 상대라 해도 내가 그를 배타적으로 점유해서는 안 된다고 보는 연애관이다.

물론 이제까지 사회는 독점적 일부일처제에 의존해왔기 때문에, 비독점성이 꼭 긍정적인 것인가에 대해서는 각자 의견이 다를 수 있을 거 같다. 재밌는 것이 폴리아모리스트들(폴리아모리 방식의 연애를 하는 사람)은 폴리아모리를 비독점성에 방점을 두고 설명하는데, 나머지 사람들은 다자연애(여러 명 만나는 것)에 집중해 이해한다는 것이다.

폴리아모리에 대한 이런 옹호 아닌 옹호를 하고 있으면

사람들은 나에게 폴리아모리 경험이 있냐고 묻는데, 대부분 사람은 이미 폴리아모리 비슷한 경험이 있다.

사람들은 바람을 피운다. 물론 바람과 폴리아모리는 다르다. 흔히 숨기면 바람이고 공개하면 폴리아모리라고 한다. 폴리아모리에 대해 다룬 가장 유명한 책은 『윤리적 잡년』인데, 이 제목이 폴리아모리의 성격을 잘 보여준다. 사회적 기준으로 보면 성적으로 문란하다고 할 수 있는 '잡년'이지만, 적어도 그 과정은 '윤리적'이라는 거지. 하지만 현실적으로 생각해봤을 때 폴리아모리가 언제나 자신의 입장을 밝히기는 어려울 것 같다. 그러면 좋겠지만, 비겁한 모노가미(전통적인 연애를 하는 사람들)가 많듯이 비겁한 폴리아모리도 많다. 그리고 숨긴 게 아니라 말하지 않은 것일 수도 있다. 당하는 입장에서야 그게 그거라고 느끼겠지만.

Q는 이제껏 만났던 연인 중에서 성적으로 가장 잘 맞는 사람이었다. Q는 그렇게 생각하지 않을 가능성이 높지만 적어도 나에게는 그랬다. Q는 연인이기에 앞서 나의 섹스 선생님이었다. 지금도 내가 섹스를 썩 잘한다고 생각하진 않지만, Q를 만나기 전에는 정말 형편없었다. 〈프린세스 메이커〉를 인생게임으로 꼽는 Q는 현생에서는 부족한 나를 육성하며 재미를 얻는 듯했다. 종종 Q를 다시 만나고 싶

은데, 다른 이유가 아니라 순전히 내 수준이 얼마나 올라왔는지 검사(?)받고 싶어서랄까… 안녕, 잘 지내니?

아무튼 Q와 4개월쯤 만남을 이어가고 있을 때, 우연히 Q가 나 이외의 다른 사람을 만나고 있다는 사실을 알게 되었다. 나는 Q가 바람을 피운다고 확신했고 화가 나서 따져 물었다. 그러자 그녀는 당당하게 이렇게 말했다.

"미안. 하지만 네가 다른 사람을 만나지 말라고 한 적은 없잖아."

너무도 참신한 개소리였기에 나는 할 말을 잃었다. 그리고 정신을 못 차리는 사이 상황을 받아들였다. 그리고 일단 그녀가 걸어오는 키스를 받아주고 그녀와 섹스를 하고, 누워서 폴리아모리에 대해 이런저런 이야기를 나눴다.

알고 봤더니 Q는 다른 사람과 바람을 피우고 있던 게 아니었다. 굳이 따지자면 원래 남자친구가 있는 상태에서 나와 바람을 피우고 있었던 거지. 심지어 그 남자친구는 나를 만나고 있다는 사실을 알고 있다고 했다. 연애에 권태기가 와서 서로의 자유를 허용했다나. 음…

순서가 중요한 건 아니지만, 내가 두 번째라고 하니 어째 내가 바람피우는 사람 같기도 하고, 첫 번째 남친보다 뭔가 중요도도 떨어지는 느낌이라 기분이 유쾌하진 않았다. 하지만 그녀가 폴리아모리스트란 걸 알게 된 뒤로 우리 대화는 훨씬 깊어졌고 성적으로도 자유로워졌다.

그렇게 한 달쯤 지났을 무렵 그녀는 나에게 이렇게 선언했다.

"셋이서 해보고 싶어."

사실 그녀가 폴리아모리라고 고백한 순간부터 나는 어쩌면 언젠가 이런 날이 오지 않을까 생각했다. 그래도 설마설마했다. 하지만 그녀의 제안을 나는 도저히 거절할 수 없다. 선생님이 하자면 학생은 따라가는 법이지. 그리고 이걸 내가 거절하고 상대방이 OK 하면 그녀를 둘러싼 경쟁에서 내가 밀리는 건 아닐까 하는 두려움도 있었다. 어쨌든 내 판단에 나는 조강지처가 아니라 세컨드이자 엔조이니까. 나는 '그분'만 괜찮다면 상관없다고 답했다. 그리고 일주일 뒤, 운명의 날이 왔다.

우리의 Three some place는 그녀의 집이었다. 자주 가던 곳이었지만 그날은 긴장이 흘렀다. 그분을 처음 만나서 인사를 나누고 그녀가 준비한 음식과 와인을 마셨다. 셋이서 한 병을 다 마셨을 때, 그분과 나는 가벼운 농담을 나눌 수 있는 사이가 됐고(우리 어쩌다 여기까지 왔을까요?), 그녀가 "이제 해볼래?" 하면서 윗옷을 벗었다.

　나는 어차피 할 바에는 화끈하게 하고 싶었다. 이번이 아니면 인생에 언제 또 쓰리썸을 해본단 말인가. 나는 알겠다고 하고 장난스럽게 여자친구가 아니라 그분에게 살포시 키스를 했다. 그 남자는 완전히 얼어붙었다. 내가 더 능숙하다는 이상한 쾌감이 나를 더 적극적으로 행동하게 만들었다. 하긴, 내가 더 고수긴 하지. 게이를 제외하고는 한국에서 남자와 나만큼 키스를 해본 사람은 없을 테니까. 플레이 중 그분에게 키스를 하거나 손으로 가볍게 애무를 해줬다. 그녀는 내가 그런 행동을 할 때마다 기분이 좋은지 웃음을 터트리거나 미소를 지었는데, 뒤에 들어 보니 보통 쓰리썸을 할 때 남성이 양성애자가 아닌 이상에는 서로 스킨십을 잘하지 않는다고 했다. 그러니 그 남자가 당황한 거지. 아니, 그런 건 하기 전에 알려줬어야지.

　아무튼 입을 맞춘 뒤 우리 세 사람은 뒤엉켰다. 주로 그녀를 가운데 두고 한 사람이 삽입하면 한 사람이 관전하면서 애무를 받거나 애무하거나 하는 식이었다. 쓰리썸을 하기 전에는 삽입을 하지 않은 사람이 뻘쭘할 것 같았는데, 사실 그 상황 자체가 자극적이기도 하고, 내 연인이 타인과 섹스를 하는 장면 자체로 압도되는 게 있어서 뻘쭘하다는 생각을 할 틈은 없었다. 그렇게 한 시간 정도를 물고 빨았다.

섹스가 끝나고 침대 위에 드러누우니 영화 〈몽상가들〉의 주인공이 된 것만 같은 기분이 들었다. 물론 내 비주얼이 영화 속 남주 같진 않지만, 뭐 기분은 기분이니까. 결론적으로 말해서 쓰리썸은 해볼 만한 경험이었다. 좋다 나쁘다를 평가하기에는 무언가 '충격' '충격'만 하다 끝나긴 했지만, 나는 모든 새로운 경험을 좋아하니까. 심지어 나는 군대도 한 번쯤은 가볼만 한 곳이라 생각한다. 물론 군대보다는 쓰리썸이 훨씬 좋았다.

추신) 그날 이후 나에게 추행(?)을 당하신 '그분'은 얼마 안 가 Q와 헤어졌다. 그 후에도 나와 Q는 만남을 이어가다 그녀가 해외로 가면서 자연스레 연락이 끊겼다. 해외에서 새 남자친구가 생겼다는 이야기를 들었고, 화상통화로 얼굴도 봤지만 오프에서 만날 일은 없었다. 외국인 남성을 보자 바로 파리에서의 일이 생각났고, 그와 키스를 한다면 어떤 느낌일까를 떠올렸지만, 아무 말도 하지 않았다.

A. 나를 사랑하기만 한다면

자극적인 썰은 풀었고, 폴리아모리, 특히 내 연인이 나 이외에 다른 연인을 둔 경우에 대해 말해볼까 한다.

내가 Q와의 관계에 관해 이야기하고 나면 사람들은 질투가 나지 않느냐고 묻는다. 그런데 놀랍게도 처음 알게 된 그 순간을 제외하면 크게 질투를 하지 않았다. 이게 참 이상한 게 나는 1:1 관계에서도 종종 질투를 한다. 그런데 폴리아모리인 Q와의 관계에서는 오히려 이런 감정을 못 느꼈단 말이지. 왜 그랬지 하며 고민해본 결과, 답은 의외로 단순했다. 나는 Q와 만나는 동안 그녀에게 충분한 사랑을 받는다고 느꼈기 때문이다.

Q는 나에게 다른 어떤 연인들보다 적극적인 애정을 보였다. 늘 관심을 갖고, 내게 무슨 일이 생기면 아무리 멀리 있

어도 즉각 달려왔다. 내가 했던 말을 기억했다가 선물을 주고 언제나 나보다 먼저 연락해왔다. 내가 Q에게 해준 것보다 Q가 나에게 해준 것이 더 많았고, 나는 언제나 Q로부터 보호받는 느낌이었다. 그러니 질투를 느낄 이유가 전혀 없었다.

반면 1:1 관계라 하더라도 그 상대방이 나에게 별로 관심이 없다거나 애정이 식어간다고 느끼면, 연인이 친구와 놀든 일을 하든 질투심이 생긴다. 심지어 반려동물을 질투할 때도 있었다. 그러니까 질투라는 감정을 조금 자세히 들여다보면, 그건 정말 상대에 대한 질투라기보다는 사실은 내가 연인으로부터 기대하던 애정을 충분히 받지 못할 때 일어나는 것이 아닐까 하는 생각이 든다. 개인차가 있겠지만 적어도 나는 그랬다.

물론 폴리아모리는 질투를 동반할 가능성이 높다. 왜냐면 누구나 그녀처럼 사랑과 에너지가 넘치지 않을 테니까. 어쨌든 사람의 시간이나 에너지는 제한이 있으니 여러 사람을 다 만족시킬 수도 없고, 정확히 1/n로 파트너를 대할 수도 없을 것이다. 정확히 나눈다고 해도 사람이란 동물은 질투를 하는 거고.

아주 잠깐 여자친구가 있으면서 다른 파트너를 만난 적이 있다. 이건 폴리아모리가 아니라 바람을 핀 거긴 하지만… 변명의 여지는 없다. 그런데 바람을 피우면서 특이했던 건, 다른 사람을 만난다는 죄책감이 있어서 그런지 원래 연인에 게 매우 충실하게 행동했다는 것이다. 하기 싫은데 미안해 서 그런 게 아니라 자연스럽게 그렇게 됐다. 바람을 피우는 사이 시큰둥하던 여자친구에 대한 감정이 살아났고, 여자친 구 역시 달라진 나의 태도에 만족감을 보였다. 물론 그 이유 를 알았다면 바로 귀싸대기를 맞았겠지만.

언젠가부터 나는 내가 폴리아모리라고 이야기한다. 딱히 여러 사람을 만나지는 않지만, 상대방을 소유할 수 없다는 큰 전제에 동의한다. 상대방에게도 굳이 나에게만 충실할 것을 요구하지 않는다. 다만 나를 충분히 사랑해 달라고 요 구한다. 물론 그 요구 하나가 생각보다 쉬운 건 아닌가 보 다. 그렇게 자주 차이는 걸 보면 말이지.

친구와 함께 섹스를

섹스파트너, FWB 혹은 원나잇에 대해서 어떻게 생각하는가?

일단 셋을 간단히 구분하자면,

(1) 섹스파트너 = 섹스를 위해 만나는 관계

(2) FWB = 친구인데 섹스까지 하는 관계

(3) 원나잇 = 아는 사람이든 모르는 사람이든 딱 하룻밤 섹스를 한 경우

정도 될 것 같다. 이렇게 구분하면 확실히 다른 것 같지만, 세상일은 언제나 이론보다 복잡하므로 칼같이 구분되지 않는 경우가 더 많다. 섹스파트너든 FWB든 원나잇이든 간

에 사람들은 이런 관계를 가볍게 여기는 경향이 있다. 그런데 나는 이 의견에 전혀 동의하지 않는다.

나의 삶은 놀랄 정도로 조용하다. 보통 퇴근하면 집에 와서 씻고 밥을 챙겨 먹은 뒤 책과 영화를 보다가 일찍 잠이 든다. 빠르면 오후 10시, 늦어도 자정 전에는 잠드는 편이다. 침대에서는 절대 스마트폰을 보지 않는다. 그러다 새벽 5시쯤 일어나 출근 전까지 열심히 글을 쓴다. 수도승마냥 반복된 일상을 해치우듯 살아간다. 당연히 친구를 만나는 일도 적고, 친구를 적게 만나니 놀러 가는 일도 별로 없다. 지인이 공연을 했을 때, 해외여행을 갔을 때를 제외하고는 클럽 한 번 간 적이 없다. 누군가 새로운 걸 제안하면 거절하지 않는 타입이라 이것저것 경험은 많이 해본 편이지만, 그 경험을 반복하지 않는다. 사실 나는 지금 하는 것만으로도 벅차서 무언가를 의욕적으로 할 상황이 아니다.

그래서 연인을 포함해 내가 이제까지 만난 섹스파트너나 FWB, 원나잇 상대는 모두 아는 사람들이었다. 인간적인 유대가 어느 정도 있는 사람들과만 관계를 맺었다. 여행 때 한 원나잇을 제외하면 정말 딱 한 번만 만난 사람은 없다. 그러니 온전한 의미에서 섹스만 하는 파트너는 없는 셈이다. 모두 친구이자 섹스파트너였고, 그런 경우를 보통 FWB라고 하니 모두 FWB라고 할 수 있다. 섹스파트너로 시작하더라도 대부분 FWB나 연인이 됐다.

주변 사람들에게 물어보니 보통 섹스파트너는 데이팅 어플을 통해 만난다고 한다. 이렇게 해야 서로 연결 고리가 없으니 관계가 깔끔하다고. 평소에는 연락도 하지 않다가 한 달에 한 번쯤 만나서 맛있는 밥 먹고 술 한잔 마시고 섹스하고, 다시 일상으로 돌아오는 거지.

나 같은 경우에는 보통 친구로 지내다가 가끔 만나서 섹스를 한다. 섹스를 하면서도 일상을 이야기하고 서로의 연애 상담을 해주기도 한다. 그리고 일상으로 돌아오면 서로의 관계에 대해서는 절대로 발설하지 않는다.

그런데 FWB 관계를 몇 번 가지다 보니 연인과 차이를 잘 모르겠다고 느껴질 때가 있다. 그나마 파트너 두 사람 다 연인이 있을 때는 서로 연인이 있으니까 FWB로서 관계 정립이 어느 정도 명확히 되는데, 한 명이 연인이 없거나 둘 다 연인이 없는 상황에서는 감정적으로 이 선을 들락날락하게 된다. 물론 처음에 관계를 정의하고 시작하기 때문에 FWB라고 인식하고는 있지만, 상대방이 다른 사람을 만나거나 내게 거리를 두고 선을 그을 때 서운한 마음이 드는 것은 인간적으로 어쩔 수가 없다.

그리고 연인보다 FWB가 더 낫다는 느낌을 받을 때도 종종 있다. 편하고 부담이 없어 오히려 더 신뢰가 가고, 연인과는 헤어져도 이 친구와는 못 헤어질 거 같다는 생각이 의외로 자주 든다. '그럼 여친이랑 헤어지고 FWB랑 연애 하면 되는 거 아냐?'라고 생각하겠지만, 그리 단순한 문제는 아니다. FWB와 좋은 관계를 유지하는 건 그 관계가 FWB이기 때문일 수도 있으니까. 대부분 사람들은 연인이 최고위에 있고, FWB나 섹스파트너는 일종의 대체제로 여기는데, 그런 사고가 항상 옳진 않다. 관계마다 각자 맞는 방식이 있는 법이지.

종종 섹스를 포함한 스킨십을 연인 관계에서 대수롭지 않게 여기는 사람들을 만나곤 한다. 진화한 개체로서 그런 욕망에 휩싸이는 것이 열등하게 느껴지거나 혹은 자신의 고고한 사랑이 그런 욕망으로만 해석되는 것이 마음에 들지 않기 때문이겠지. 하지만 섹스도 진화의 결과물이다.

"육체적 사랑이 별로 중요하지 않다면, 당신은 왜 여자 (혹은 남자)와만 연애를 하는가?"

당연한데도 모두 눈감는 진실이다. 플라토닉한 사랑만을 강조하는 이들에게 항상 이 질문을 던지는데 한 번도 만족스러운 답변을 들은 적이 없다. 육체적인 것이 부차적이라면 우리는 모두 범성애자가 되어야 마땅하다. 성별은 중요하지 않으니까. 하지만 그런 사람은 거의 없다. 플라토닉한 사랑을 주장하는 이들도 필터링을 통해서 (자신이 생각하는) 섹스를 제공해줄 수 있는 상대와만 플라토닉한 사랑을 한다. 즉, 그들만이 가지고 있는 어떤 포션이 있는 것이다. 육체적인 것은 물론이고 정신적인 부분까지도.

우리는 평생 산 가족에게 못한 말을 교제한 지 일주일도 안 된 연인에게 하기도 하고, 10년 된 친구에게도 못한 말을 하룻밤 파트너에게 하기도 한다. 함께 잔 사람과만 할 수 있는 이야기가 있다. 오죽하면 '베갯잇 송사'라는 표현이 있겠는가. 그러니 당신이 아무리 섹스 파트너나 FWB, 원나잇이 가벼운 관계라고 생각할지라도, 그 관계는 절대 가벼울 수가 없다. 그냥 가볍다고 서로 세뇌하는 거지.

에이섹슈얼

육체적인 관계가 중요하다는 주장에 대한 반박은 얼마든지 가능하다. 그중 가장 강력하고 답변하기 어려운 건 "그럼 에이섹슈얼(무성애자)은? 에이섹슈얼은 친밀한 관계를 못 맺는다는 거야?"가 아닐까 싶다. PC(정치적 올바름)를 끌어들여서 하는 반론은 사실상 가불기(가드 불가 기술, 토론을 할 때 반박을 하지 못하게 하는 논리를 뜻하는 신조어)다. 이에 대해 이야기하면 바로 빻은(PC하지 못한 태도를 비난할 때 쓰는 표현) 사람이 되므로 그냥 개인적 경험을 이야기해볼까 한다.

먼저 용어에 익숙하지 않은 사람을 위해 간단히 설명하자면, 에이섹슈얼은 성적 끌림 자체를 못 느끼는 사람들이다. 흔히 '무성애자'라고 번역하는데, 무성애자라고 해서 사랑의 감정이 없는 것은 아니다. 그들도 사랑에 빠진다. 단지 사랑에 섹스를 동반하지 않을 뿐이다. 더 자세한 내용은 알아서들 구글링 해보시라(귀찮으면 명저 『가장 공적인 연애사』를 읽어봐도 된다).

사실 대부분 사람은 에이섹슈얼을 포함해서 성소수자들에 대해 별 관심이 없다. 왜냐면 자신과 상관없다고 생각하니까. 하지만 세상은 넓고 사람은 많고 인생은 길다. 그러니 당신 인생에 그들이 들어오지 않을 거라고 장담하진 마라.

20대 초반 에이섹슈얼인 C와 사랑에 빠진 적이 있다. 그리고 그녀와의 만남은 내 인생을 완전히 바꿔버렸다.

프랑스어 학원에서 C를 처음 만났다. 당시 나는 (실연을 당하고) 유럽 여행을 준비 중이었는데, 여행을 하기 전에는 현지어를 배워야 한다는 이상한 관념을 갖고 있었다(유럽에는 수많은 국가가 있지만, 우리가 유럽 여행을 가는 이유는 그곳에 파리가 있기 때문이다). 참고로 두 달 프랑스어를 배웠지만, 여행에서 한 프랑스어라고는 봉주흐(안녕하세요), 멸치 볶음(정말 고맙습니다), 그리고 뛰 빠흘르 앙글레(영어 할 줄 아니?)밖에 없었다. 물론 상대방이 '위'(네)라고 답해도 내가 영어도 못한다는 게 함정이었지만.

다시 돌아가서 C를 처음 만난 그 순간부터 호감이 생겼다. 일단 나와는 다르게 귀티가 잘잘 흐르는 외모에, 차갑고

까칠하지만 품격 높은 현대 서울말이 귀에 착 감겼다. 시골 출신인 내가 보기에 너무도 서울서울스런 사람이었다고 할까? 그녀가 음악을 한다는 말에 예술지상주의자인 나는 푹 빠져버렸다.

반대로 C는 나에게 빠질 이유가 거의 없었다. 당시 나는 아르바이트를 마친 뒤 피곤한 상태로 어학원에 갔기 때문에 늘 뒷자리에서 엎드려 잠을 잤는데(대체 학원을 왜 다녔는지 미스터리다) 그런 사람을 좋아할 이유가 없지. 다행히 사이가 나쁘지도 않았는데, 엎어져 잠만 자는 사람과 관계가 특별히 나빠질 이유도 없기 때문이다. C와 나는 마지막 뒤풀이에서 예의상 연락처를 주고받았다. 나는 곧 여행을 갈 테니 주소를 알려주면 엽서를 보내주겠다고 말했다.

유럽 여행을 가서는 C를 생각할 틈이 없었다. 여행지에서 만난 사람들과 사랑에 빠졌고, 첫 키스, 첫 경험 등등 새로운 경험의 연속이었다. 하지만 약속대로 C에게 몇 차례 엽서를 썼다. 특별히 사심이 있었다기보다는(물론 사심은 있었다) 여행 중 하루 한 통씩 한국으로 엽서를 써야겠다는 목표를 세웠는데, 어차피 보낼 만한 사람이 별로 없었기에 주소를 아는 사람에게는 모두 다 보냈다. 하지만 이 경험이 C에게는 나름 인상적으로 남았던 거 같다. 그렇게 우리는 친구가 됐다.

한국에 돌아온 이후에는 곧 군대를 갔기 때문에 C를 만날 여유가 없었다. 우리는 계속 편지를 주고받았다. 군 생활을 하는 2년간 C가 보내준 편지가 100통 정도 됐고, 나도 그 정도를 보냈다. 여친을 제외하면 가장 많이 편지를 주고받은 사이였다. 우리는 종종 전화를 하거나 휴가 때 만나기도 했지만 주로 편지로 소통했다. 여행 중 엽서까지 편지로 친다면 거의 3년간 편지를 주고받은 셈이다.

제대 후 여자친구와 헤어졌고 얼마 지나지 않아 C에게 이성으로 꽂히게 된다. 그래서 고백을 했는데 대차게 까였다. 그녀는 내가 좋지만 자신은 연애에 관심이 전혀 없다며 거절했다. 나는 이 말이 완곡한 거절이라 생각했고, 이후에도 친구로 잘 지내다가 주기적으로 고백을 했다. 그녀도 번번이 거절하긴 그랬는지 결국 내 구애를 받아들였다.

문제는 C가 에이섹슈얼이었다는 것이다. 아니다. 정확히 문제는, 내가 에이섹슈얼이 아니었다는 거지. 나는 C에게 어느 연인들에게처럼 키스를 하거나 스킨십을 하려고 했다. 그녀는 처음에는 맞춰주려고 했지만 어느 순간 자신은 스킨십이 싫다고 선언해버렸다.

당시에 에이섹슈얼이라는 개념을 알고 있었다면, 나는 훨씬 신사답게 행동했을 것이다. 그런데 당시 나는 그런 건 전혀 들도 보도 못한 미개인이었다. 그래서 C가 스킨십을 거부하면 스킨십을 안 하기는 했지만, '언젠가는 받아주겠지' 하며 정말 꾸준히 시도했다. C는 가끔 받아주긴 했지만 정말 내켜하지 않았고, 이는 나에게 엄청난 스트레스였다. C에게도 마찬가지였을 것이다. 만약 지금이었다면 나는 C가 에이섹슈얼이라고 밝힌 동시에 연애를 포기했을 것이고, C는 내가 계속 스킨십을 시도했을 때 경찰에 신고했을 것이다. 하지만 당시 우리는 그렇게 대처하기에는 미성숙했고, 그 덕분이라고 하는 건 이상한 표현이지만 그 덕분에 관계를 지속할 수 있었다.

우리는 동거에 가까운 생활을 했는데(그러니 내가 더 미치지 않겠냐고), 나는 함께 있음에도 계속 외로웠고, 결국 그녀의 행동 하나하나에 집착하게 되었다. 나는 그녀가 나를 성적으로 좋아하지 않기 때문에 스킨십을 하지 않는다고 생각했고, 이는 나를 계속해서 애정을 갈구하는 상태로 몰아넣었다. C 입장에서도 스트레스받는 상황이었을 것이다. 본인이 해줄 수 없는 것을 파트너가 요구하니 얼마나 답답하겠는가.

우리 사이엔 어떤 결단이 필요했다. 그리고 그날이 찾아왔다.

니가 가라, 하와이

당시에는 모르는데 지나고 보면 인생의 변곡점인 순간들이 있다. 그 이전으로 전혀 돌아갈 수 없는 선택들, 혹은 지금의 나를 규정 짓게 되는 순간들.

유복했던 C의 집이 망했다. 아버지 사업이 잘 안되면서 경제적으로 어려워졌다. 길에 나앉는 수준은 아니었지만, 그녀는 몇 년째 준비한 유학을 갈 수 없는 상황에 처했다. 안 그래도 감정 기복이 다이나믹하던 그녀는 완전히 다운되어서 바닥으로 쳐졌다. 우리 집에는 몸이 푹 파묻히는 빈백 소파가 있었는데, 그녀는 그 빈백 소파에 파묻혀서 거의 사라질 것 같았다.

그런데 욕망의 화신인 나는 그 와중에도 스킨십이나 한 번 해보려고 징징거리고 있었다. 나를 안아주지 않는 것을 보니 그녀는 나를 사랑하지 않는다는 이상한 결론에 이르러 혼자 폰을 집어던지고 아주 생쇼를 하고 있었다. 그러다 어느 순간 우리에게 어떤 전환점이 필요하다는 생각이 들었고, 나는 그녀에게 선언했다.

"유학 가. 내가 보내줄게."

당연히 C는 거절했지만, 워낙 내가 강하게 밀어붙였기에 결국 받아들일 수밖에 없었다. 그녀도 우리 관계에 변화가 필요하다는 것을 알고 있었다.

나는 일단 학교를 휴학했다. 당연히 부모님에게는 말하지 않았고 학비는 빼돌렸다. 전셋집도 뺐다. 그렇게 유학 초기 비용을 마련했다. 그리고 무작정 그녀를 보냈다. 하지만 그건 시작에 불과했다. 유학이란 게 보통 우리보다 잘 사는 나라로 간단 말이지. 학비는 국내 대학과 비교도 안 됐고, 학비를 제외해도 거의 매달 200만 원의 생활비가 들어갔다. 유학은 4년간 이어졌는데, 나는 이 비용을 충당하기 위해 인생을 갈아 넣었다. 대학을 관두고 카페부터 온갖 알바를 하다가 결국에는 내 생활비라도 아낄 겸 고향으로 내려가 일했다. 그렇게 한동안 일에만 몰두했고, 인간관계는 거의 포맷이라 할 정도로 완벽히 정리됐다. 그렇게 했는데도 비용이 부족해 매 학기가 시작할 때마다 빚을 져야 했고, 나는 아직도 이 빚을 다 갚지 못했다. 내가 회사에 다니면서도 글을 미친 듯이 쓰고 강연을 하고 열심히 사는 것에는 이 빚도 한몫하고 있다.

그녀와 마지막 스킨십은 공항에서였다. C는 아마도 처음이자 마지막으로 진심으로 나를 안아줬다. 그리고 손을 흔들고 출국장으로 들어갔다. 그날 공항버스를 타고 집으로 돌아오면서 얼마나 울었는지 모른다. 그렇게 지질하지만 치열했던 연애가 끝났다. 물론 약속한 대로 유학이 끝날 때까지 뒷바라지는 이어졌다. 우리는 자주 연락을 주고받았고, 방학 때 한국에 와서는 늘 만났다. 하지만 그 뒤로 스킨십은 전혀 하지 않았다. 하고 싶은데 참은 게 아니라 이상하게도 하고 싶은 마음이 전혀 들지 않았다. 그녀를 유학 보내준 것이 성적 취향이 다른 그녀와의 이별에 대한 선물이 되었다.

나는 10년 넘게 이 일을 그 누구에게도 말하지 않았다. 가족은 고사하고 친구들에게도 말하지 않았다. 혹시나 부모님 귀에 들어가거나 하는 일은 없어야 했으니까. 하지만 이제는 시간도 많이 지났고 나도 그럭저럭 잘 됐고 부모님도 내가 뭘 하고 사는지 크게 신경 쓰지 않아서 몇 년 전부터는 종종 이야기하곤 한다.

후회하지 않느냐는 질문을 어김없이 받는다. 그런데 놀

랍게도 난 이 일에 대해 전혀 후회하지 않는다. 오히려 인생을 살면서 가장 잘한 일로 뽑을 정도다. 작가가 된 것보다도 이 일이 더 자랑스럽다. 나는 C가 탁월한 예술가라 생각한다. 나는 내 글에 대한 다른 이의 평가를 크게 신경 쓰지 않지만, 그녀의 충고만은 귀담아듣는다. 만약 그녀가 유명한 예술가가 된다면 나는 역사에 남을 패트론이 되는 것이지. 설혹 그녀가 무명으로 남아서 아무도 알아주지 않는다 해도 전혀 상관없다. 오히려 그럴수록 더 훌륭한 일인 셈이니까. 심지어 그녀와 나는 이루어지지도 않았다. 헤어질 게 뻔한 상황인데도 최선을 다했다. 그게 더 멋진 거 아니겠어?(그런 의미로 이 책도 안 쓰는 게 좋았겠지만, 이 정도 자랑은 좀 하자.)

다만 지금 다시 선택의 기회가 주어진다면, 같은 선택을 할 수 있을지는 잘 모르겠다. 확실히 사랑에 빠진 순간에만 나오는 비범함이 있는 법이다.

그 결정 이후에 나는 여러모로 형편이 나빠졌음에도 스스로에 대한 자신감은 강해졌다. 돈을 거의 좀생이처럼 썼는데도(이때부터 작가가 되기 전까지 나는 늘 여자친구들에게 빌붙어 살았다) 놀랍게도 연애 실적도 더 좋았다. 내가 나를 대하는 태도가 다른 사람에게도 영향을 준 게 아닐까 싶다.

그러니 무너질 때는 과감히 무너져도 괜찮다. 무엇보다 헤어질 때 상대방에게 쩨쩨하게 굴지 마라. 오히려 더 큰 선물을 남겨라. 그건 상대방이 아니라 자신을 빛나게 한다.

가끔 C가 에이섹슈얼이 아니었다면 우리 관계가 어떻게 변했을까 하는 생각을 해본다. 아무리 생각해도 지금과 같은 그림은 아니었을 것 같다. 오히려 평범하게 끝났겠지. 우리가 조금 더 성숙한 사람이었어도 마찬가지다. 우리는 예의 바르게 각자의 길을 갔을 것이다. 하지만 조금 미성숙하고 부족했기에 우리는 놀라운 일을 해냈다.

우리 모두는 LGBTQIAPK···

L : 레즈비언 (여성 동성애자)

G : 게이 (남성 동성애자)

B : 바이섹슈얼 (양성애자)

T : 트랜스젠더 (성을 바꾼 이들)

Q : 퀘스처닝 (자신의 성 정체성에 의문을 가진 사람)

I : 인터섹스 (간성, 양성의 특징을 모두 가지고 있거나 중간
에 위치한 사람)

A : 에이섹슈얼 (무성애자)

P : 팬섹슈얼 (범생애자, 성별과 무관하게 성적 끌림을 느끼
는 사람)

K : 킨키 (BDSM 플레이어들을 나타내는 은어)

소위 말하는 '성소수자'는 전체 인구의 몇 %나 될까? 이에
대한 미국 갤럽의 조사 결과는 다음과 같다.

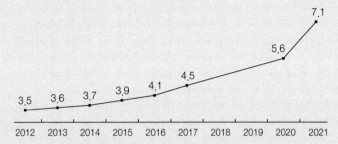

[그림 3-1] 스스로를 성소수자라고 인식하는 미국인의 비율 (단위: %)

연도	비율
2012	3.5
2013	3.6
2014	3.7
2015	3.9
2016	4.1
2017	4.5
2020	5.6
2021	7.1

[그림 3-2] 미국인의 성적 지향 (단위: %)

성 정체성	LGBT 성인	성인 전체
레즈비언	13.9	1.0
게이	20.7	1.5
바이섹슈얼	56.8	4
트렌스젠더	10	0.7
기타	4.3	0.3

[그림 3-3] 미국인의 세대별 성적 지향 (단위: %)

세대	LGBT	이성애자	무응답
Z세대(1997~2003년 출생)	20.8	75.7	3.5
밀레니얼(1981~1996년 출생)	10.5	82.5	7.1
X세대(1965년~1980년 출생)	4.2	89.3	6.5
베이비붐 세대(1946~1964년 출생)	2.6	90.7	6.8
전통주의 세대(1946년 출생)	0.8	92.2	7.1

2021년 답변자의 7.1%가 스스로를 성소수자라 답했다. 미국 인구 3억 3천만 명 중 2340만 명. 만약 이 비율을 그대로 대입하면 전 세계에는 약 5억 7천만 명, 한국에는 약 368만 명의 성소수자가 있는 셈이다. 성소수자라 응답한 이들 중에 자신의 정체성을 묻는 질문에는 56%가 바이섹슈얼이라 답했으며 게이, 레즈비언, 트랜스젠더 순으로 나타났다.

흥미로운 점은 시간이 지남에 따라 성소수자의 숫자가 꾸준히 증가하고 있다는 사실이다. 성 정체성이라는 게 타고난 부분이 많기 때문에, 실제 성소수자가 늘어난다기보다는 사회 분위기가 개방적으로 변하면서 정체성을 숨겨왔던 이들이 밝힐 수 있게 되었고, 자신의 정체성을 찾을 기회도 늘었고 봐야할 듯싶다. 젊은 세대로 갈수록 성소수자 비율이 높은 것이 이를 잘 보여준다. Z세대의 20.8%가 자신이 성소수자라고 응답했다. Z세대가 가장 편견 없이 솔직하게 응답했다고 가정한다면, 앞으로 전체 평균이 20%까지 높아질 것으로 추정할 수도 있다. 그런 의미에서 이 조사는 실제 성소수자의 비율을 나타내는 것이라기보다는 사회가 얼마나 성소수자에게 개방적인가를 드러내는 지표일 수도 있다.

비슷한 통계를 한국에서 찾아봤으나 신뢰할 만한 자료가 없었다. 대신 성소수자 관련 의식조사는 시행하고 있었다.

[그림 3-4] 우리 사회가 성전환, 양성애, 동성애를 받아들여야 하는가 (단위: %)

■ 받아들여야 한다　□ 잘모르겠다　■ 받아들여서는 안된다

	받아들여야 한다	잘모르겠다	받아들여서는 안된다
성전환	46	20	34
양성애	41	23	36
동성애	41	22	37

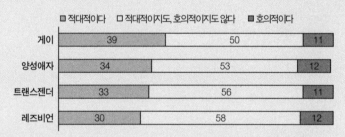

[그림 3-5] 성소수자에 대한 개인적 감정 (단위: %)

■ 적대적이다　□ 적대적이지도, 호의적이지도 않다　■ 호의적이다

	적대적이다	적대적이지도, 호의적이지도 않다	호의적이다
게이	39	50	11
양성애자	34	53	12
트랜스젠더	33	56	11
레즈비언	30	58	12

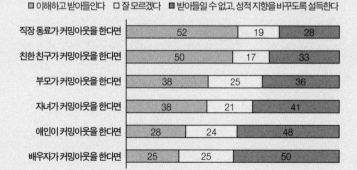

[그림 3-6] 주변 사람이 성소수자임을 공개할 시 어떻게 할 것인가 (단위: %)

■ 이해하고 받아들인다　□ 잘모르겠다　■ 받아들일 수 없고, 성적 지향을 바꾸도록 설득한다

	이해하고 받아들인다	잘모르겠다	받아들일 수 없고, 성적 지향을 바꾸도록 설득한다
직장 동료가 커밍아웃을 한다면	52	19	28
친한 친구가 커밍아웃을 한다면	50	17	33
부모가 커밍아웃을 한다면	38	25	36
자녀가 커밍아웃을 한다면	38	21	41
애인이 커밍아웃을 한다면	28	24	48
배우자가 커밍아웃을 한다면	25	25	50

왜 성소수자 비율이 아니라 의식조사를 했을까 생각해보니, 일견 당연하다는 생각이 들었다. 한국은 사회적으로 성소수자에 대해 여전히 부정적이라 정체성을 묻는 질문 자체가 문제가 될 수 있다. 응답자들 역시 제대로 답을 하지 않을 가능성이 높다. 그러면 안 그래도 비율이 낮을 텐데 더 낮아질 테고, 그 와중에 데이터 왜곡까지 일어나니 사실상 의미 없는 조사가 돼버린다. 그러니 그나마 가능한 의식조사를 진행한 거지.

결과는 특별히 좋지도 나쁘지도 않다. 당연하게도 젊은 세대로 갈수록 수치가 개선되는 점은 긍정적으로 볼 수 있지만(그것도 성별 격차가 꽤 난다), 깊이 있게 고민한 결과라기보다는 피상적 인식조사에 그친다는 느낌이다. 이를 가장 잘 보여주는 게 맨 마지막 설문이 아닌가 싶다. '주변 지인이 커밍아웃을 한다면?'이라니, 질문도 잘못되고 답변도 잘못됐다. 사실 이런 건 막상 들이닥치기 전까지는 절대 알 수 없다. 당신이 주변 지인을 좋아하고 존중한다면 어떻게든 받아들여야겠지. 인간관계란 것이 생각처럼 쉽게 끊기는 게 아니거든.

네가 좋아

"내가 왜 좋아?"

어느 날 W가 물었다. 왜 좋냐니, 정말 어려운 질문이다. 좋으면 좋은 거지 좋은 이유라… 다리를 왜 떠는지 모르는 것처럼, 사람이 좋을 때는 이유가 없다. 나에게 사기를 치거나, 나를 함부로 대하는 사람도 좋으면 좋은 거다. 세상에 불행한 이들이 많은 것도 다 이 때문이지. 이런 말로 대충 때우려고 했는데, W가 재차 물었다. "그래도 이유가 있을 거 아냐?"

이유? 나는 재빨리 머릿속으로 지금까지 내가 만났던 연인들의 공통적인 프로필을 그려보았다. 하지만 그릴 수가 없었다. 왜냐면 공통점이 거의 없었으니까. 연예인을 할 정도로 외모가 출중한 친구도 있었고, 정 반대도 있었다. 키가 큰 사람도 있고(178cm), 작은 사람(150대 초반)도 있었다. 전문직도 있었고, 백수도 있었다. 활동적인 사람도 있었고, 집순이도 있었다. 모범생도 있었고, 히피도 있었다. 농담을 잘하는 사람도 있었고, 진중한 사람도 있었다. 보수적인 사람도 있었고, 진보 활동가도 있었다. 8살 연상도 있었고, 7살 연하도 있었다. 크리스천도 있었고 무슬림도 있었다(거짓말이다. 무슬림은 못 만나봤다). 진부한 비교만 했는데, 아무튼 모두 제각각이었다. 나 스스로도 '아, 나는 정말 취향이란 게 없나. 막 만났네' 하는 생각이 들 정도였다. W가 재차 물었을 때, 나는 "그냥 네가 말하는 게 좋았어"라고 말하며 말 끝을 흐렸다.

그 대답 때문은 아니겠지만, W는 일주일 뒤 이별을 통보했다. W가 떠난 뒤, 그 질문에 대해 종종 생각해본다. 왜 그녀가 좋았을까? 나는 어떤 사람을 좋아하는 걸까? 그러다 머리를 번쩍하는 생각이 스쳤다.

사람들은 내가 평소에 쓴 책이나 말하는 태도 때문에 내 삶이 쉴 새 없이 바쁘고 마약하고 섹스 파티하고 무언가 특이한 액티비티를 하고 다닐 거라고 생각하지만, 앞에서도 말했듯이 내 삶은 놀랍도록 규칙적이고 평온하다. 나는 새로운 제안이 왔을 때 즐겁게 하지만, 일부러 그런 일을 찾아

나서는 편은 아니다. '와, 재밌다' 하지만 웬만해서는 '또 해야지' 하지 않는다. 경험을 한 그 자체를 중요하게 생각하고, 사람들이 왜 이런 행동을 하는지 이해하는 것에 관심이 더 많다.

내가 이제껏 만났던 연인들은 모두 제각각이었지만, 하나같이 호기심이 많은 사람들이었다. 무언가 새롭고 이상한 것을 봤을 때, "으, 저 사람들 대체 왜 저러는 거야?"가 아니라 "와, 저 사람들 왜 저러지?" 이런 반응을 보이는 사람, 그래서 함께 해보자고 하는 사람, 그리고 신나게 하는 사람, 나는 그런 사람을 좋아했고 만나왔다. 새로운 경험은 사랑하는 사람과 함께하면 더 즐거운 법이다.

W와 연인이 되기 전에 폴리아모리를 주제로 이야기한 적이 있었다. 그녀는 사회에서 지탄받을 수도 있는 이야기를 조심조심하는 듯하면서도 호기심 넘치는 표정으로 결국은 모두 이야기했다. 나는 그때 그녀에게 처음 호감을 느꼈다. "그냥 네가 말하는 게 좋았어"라고 했을 때, W는 이 말을 내가 폴리아모리처럼 열린 관계를 원한다고 생각하고는 실망한 기색을 보였다. 하지만 정작 내가 좋았던 건 그녀의 말 자체가 아니라 사회적으로 비난을 받을 수도 있는 사안에 대해서 호기심과 따뜻함을 가지고 대하는 태도였다. 그 태도가 나를 사로잡은 거지.

W가 물었을 때 바로 이렇게 풀어서 설명을 해줬다면 우리가 조금은 더 오래 만날 수 있었을까? 지난 일을 후회하는 바보 같은 짓이라지만, 내가 바보인 걸 어떡하겠어.

결론적으로 나는 호기심이 많고 따뜻한 사람을 좋아한다. 갑자기 따뜻함은 왜 붙었냐고? 호기심이 많은 사람은 보통 타인에 대해 따뜻한 시선도 가지고 있거든. 타인에 호기심을 갖는다는 건 편견이 적다는 뜻이고, 편견이 적다는 건 모든 것에 애정을 가지고 있다는 뜻이니까.

내가 사랑한 모든 이들이 지금도 호기심과 따뜻함을 가지고 세상을 살아가고 있으면 좋겠다.

추신) 난 네가 좋아. 다리를 왜 떠는지 모르겠지만, 지금도 떨고 있듯이.

SM이좋아

넷플릭스에 〈오티스의 비밀상담소〉라는 드라마가 있다 (원제는 〈Sex Education〉이지만 아마도 국내 정서를 감안해 제목을 바꾼 것 같다). 이 드라마에는 다양한 성과 성적 취향을 가진 캐릭터가 등장한다. 원제 그대로 매우 교육적인 내용인데, 청소년 자녀를 두고 있는 부모라면 자녀에게 꼭 보여줬으면 좋겠다. 혹은 자신이 청소년이라면 스스로 찾아보면 되고. 문제는 이 드라마가 미성년자 관람 불가 등급이라는 건데… 흠… 그래도 보는 걸로 하자. 미성년자 관람 불가 작품은 미성년 때 봐야 재밌으니까.

이 드라마의 두 번째 시즌에는 컨테이너 생활을 하는 주인공이 옆 컨테이너에 사는 아이작과 썸을 타는 장면이 나온다. 아이작은 어린 시절 사고를 겪어 휠체어 신세를 지고 있다. 즉, 장애인과 비장애인의 사랑이다. 그런데 이 드라마의 훌륭한 점은 상대방이 장애인이지만, 이에 대해서는 단 1도 언급하지 않는다는 것이다. 주인공은 그와 연애를 할 것인지를 놓고 굉장히 큰 고민에 빠지지만, 그 고민은 장애와 아무 상관이 없다. 그들은 수많은 감정적 교류와 오해, 다툼을 벌이지만 드라마 내내 단 한 번도 장애에 대해 언급하지 않는다.

코미디언 멜리사 맥카시가 주연을 맡은 2015년 영화 〈스파이〉에서도 이런 설정이 등장한다. 이 영화는 첩보기관 사무직으로 일하던 주인공이 갑자기 현장 요원이 되면서 일어나는 일을 다룬 코미디 영화다. 007이 된 사무직 주인공은 운동하고는 거리가 아주 멀어 보이는 풍채가 좋은 여성이다. 돌려 돌려 표현했는데 한마디로 뚱뚱한 여자다. 그런데 이 영화에서는 아무도 주인공에게 뚱뚱하다고 말하지 않는다. 주인공의 패션 센스에 대해서는 가차 없이 놀리고 욕설이 난무하지만 절대 외모와 관련된 비난은 등장하지 않는다. 제작진이 의도적으로 이를 배제한 것이다(안타깝게도 번역된 한글 자막에는 외모 비하가 들어가 있다).

물론 현실에서 장애나 외모에 대해서 차별을 하든 안 하든 언급하지 않기는 어려울 것이다. 그런 면에서 두 작품은 차별이 존재하지 않는 특정한 이상향을 가정하고 있다. 그들은 말하지 않음을 선택함으로써 우리에게 메시지를 던진다. 그런 의미에서 나도 이 챕터를 쓰지 않는 것이 더 편견이 없다는 걸 드러냈겠지만, 쓰지 않고 표현하는 법을 깨치지 못했으므로 그냥 쓰기로 했다.

2년 정도 개인적으로 아주 힘든 시간이 있었다. 그러다 비슷한 시기에 우연히 두 명의 파트너를 만났다. 마치 짜기라도 한 듯이 한 명은 M 성향(특정 상황에서 학대당하는 걸 즐김)이었고, 한 명은 S 성향(특정 상황에서 학대하는 걸 즐김)이었다. BDSM 플레이를 하는 사람을 '에세머' 혹은 '성향자'라고 하고, 플레이를 하지 않는 이들을 '바닐라'라고 하는데, 나는 전형적인 바닐라였다. 하지만 당시 나는 무언가 집중할 게 필요했고, 무엇보다 새로운 제안은 거절하지 않는다는 지론에 따라 그들과 SM 관계를 가졌다.

두 사람 다 SM 플레이를 알아가는 단계였고, 나는 뉴비 중의 뉴비였기에 서로 즐겁게 플레이할 수 있었다. S 역할을 할 때는 어떤 걸 하면 상대방이 좋아할까를 생각하면서 준비하는 시간이 즐거웠다. 그리고 때리는 것도. 살면서 이렇게 여자를 많이 때려볼 거라고는 생각도 못 했는데(자랑을 좀 하자면 스팽킹에는 어느 정도 재능을 타고난 것 같다). M 역할을 할 때는 공포와 쾌락이 묘하게 뒤섞인 그 느낌이 좋았다.

나는 지금도 에세머라고 하긴 어렵다. 여전히 성관계에서 중요한 것은 섹스 그 자체고, SM 플레이는 전후의 유희 정도로만 사용한다(정확한 기준은 없지만, 개인적으로 섹스 없이도 SM 플레이만 즐길 수 있으면 에세머고 그 전에는 바닐라들이 재미 삼아 하는 것이라 생각한다). 하지만 SM 플레이를 하면서 나는 삶의 안정을 찾았다. 나 아닌 다른 사람으로 살아가는 경험이 일상에서의 내 삶에 편안한 느낌과 함께 몰입감을 선사했다. 일상생활을 하고 있지만 옷 속에는 온몸에 멍이 들어 있는. 그리고 며칠이 지나도 사라지지 않는 멍 사진을 찍어 상대방에게 보내거나 받으면서 느끼는 묘한 쾌감이란. 세상이 뭐라고 하든 나만의 세계에서 보호받는 느낌이었다. 나는 2년 만에 진심으로 즐거웠다. 우울증 약도 이 시기에 끊었다.

'에브리타임'이라고 대학생들만 들어갈 수 있는 커뮤니티가 있다. 흔히 에타라고 줄여서 부르는데, 대학생만 들어갈 수 있다 보니 아이디가 거래되기도 한다. 형식적으로나마 휴학생 신분인 나는 에타에 공식적으로 들어갈 수 있다. 그래서 요즘 애들은 어떻게 사나 싶어 종종 들어가본다. (다른 학교는 모르겠지만) 우리 학교 에타에는 취향 게시판이 존재한다. 일반적이지 않은 성적 취향을 가진 사람들이 파트너를 구하는 게시판이다. 과거 이런 취향방은 비밀리에 운영됐는데, 이제는 모든 학생이 사용하는 커뮤니티에 올라오는 것이다. 적어도 젊은 세대에서는 이 정도 주제는 바닐라들도 크게 신경 쓰지 않을 만큼 자유로워졌다는 증거가 아닐까 싶다. 다행이다. 세상이 암울하다 암울하다 하지만 좋게 변하는 부분도 분명히 있다. 퀴어 퍼레이드가 매해 커지고 점점 축제로 변해가는 모습에서 나는 드물게 낙관적인 미래를 본다.

미래가 이미 왔건만, 정치권에서는 차별금지법에 대해 '국민적 합의가 필요하다'느니, '해당 조항에서 성소수자를 뺀다'느니 하는 말을 하고 있다. 지금이 무슨 1980년대냐고. 성소수자를 빼는 순간 그건 차별금지법이 아니라 차별조장법이 된다. 그 리스트에서 빠진 사람은 차별해도 된다는 의미가 되니까.

연애는 평등할 때 가능하다. 우리는 모두 퀴어이거나, 혹은 모두 퀴어가 아니다. 혐오는 피곤한 일이다. 나는 연애지상주의자로서, 세상 그 어떤 차별에도 동의하지 않는다. 사회학자 자닌 모쉬 라보가 쓴 『현대인의 성생활』은 이런 문구로 끝이 난다.

"어쨌든 우리는 같이 사는 가족, 매일 만나는 친구, 친척들의 성생활에 대해 사실 아는 것이 별로 없다. 서로 이야기를 하지 않기 때문이다."

BDSM뿐 아니라 모든 것이 그렇다. 우리는 자신에게 너무 익숙한 나머지 조금이라도 다른 이를 보면 이상하게 여기고 문제가 있다고 생각한다. 혹은 이해한답시고 트라우마와 성장 과정을 이야기한다. 하지만 그냥 다른 것일 뿐이다. 그리고 그 수는 당신이 얼마를 생각하든 그 이상이다.

LGBT의 위대한 표어처럼, 우리는 어디에나 있다.

추신) 간혹 바닐라 중에 성향자 행세를 하는 경우가 있는데, 이를 번바(변태 바닐라)라고 한다. 음… 혹시 난가?

BDSM, 준비됐습니까?

킨제이 연구소가 1990년 발표한 보고서에 따르면 미국 인구의 10%가량이 종종 SM 플레이를 하며, 남성의 11% 여성의 17%가 속박 플레이를(수갑이나 끈 등으로 묶기, 눈가리개 등) 즐긴다고 한다. 듀렉스의 2005년 설문에서는 미국인의 36%(세계 20%)가 섹스 중에 눈가리개 같은 속박 도구를 사용한 적이 있다고 밝혔다.

이 정도만 해도 충분히 높은 수치인 것 같다. 그런데 2011년 BDSM 관계를 다룬 소설 『그레이의 50가지 그림자』 대히트를 치고 2015년 영화화까지 이루어지면서, BDSM은 완전히 삶 가운데로 들어왔다.

스웨덴 섹스토이 회사 레로가 2020년 지속적으로 성관계를 맺고 있는 성인 1000명을 대상으로 한 설문조사에 따르면, 대상자의 약 75%가 BDSM을 직접 경험한 적이 있다고 밝혔다. 정작 『그레이의 50가지 그림자』를 봤다고 응답한 사람은 절반밖에 되지 않았지만, 이 작품의 성공으로 많은 이들이 BDSM에 관심을 가지게 되었고, 이로 인해 가벼운 BDSM이 일반적인 섹스의 영역으로 편입되었다.

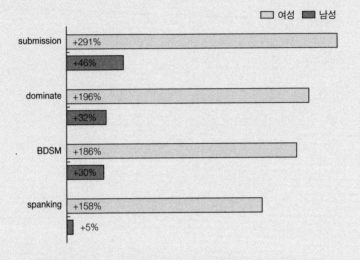

[그림 3-7] 〈그레이의 50가지 그림자〉 방영 후 BDSM에 관련 단어 검색량 증가율

여성 ■ 남성

submission
+291%
+46%

dominate
+196%
+32%

BDSM
+186%
+30%

spanking
+158%
+5%

[그림 3-7]은 세계 최대의 포르노 사이트 폰허브가 발표한 자료로서 『그레이의 50가지 그림자』 개봉 이후 BDSM 관련 단어의 검색량 증가율을 나타낸 것이다. 특히 여성의 검색량이 폭발적으로 늘었는데, 이는 기존에 폭력적으로 인식되던 BDSM의 이미지가 소설 이후 로맨틱한 섹스의 일종으로 받아들여지고 있음을 보여주는 지표라 할 수 있다. (혹시 오해할 이들을 위해 덧붙이자면, 포르노 사이트를 찾는 이들은 남성이 압도적이고, BDSM 관련 검색수도 당연히 남성이 더 많다. 다만 상대적 비율에서 여성의 증가가 눈에 띈다는 것이다.)

레로가 진행한 설문에서 응답자의 90%는 BDSM이 '정상

[그림 3-8] BDSM 선호도

도미넌트 (4%)

서브미시브 (96%)

여성

서브미시브 (25%)

도미넌트 (75%)

남성

적이고 건강한 성생활의 일부'라고 답했으며, 80%는 'BDSM 을 더 시도해볼 용의가 있다'고 답변했다. 섹스토이 회사의 설문이고, 성적으로 활발한 사람들을 대상으로 진행되었다 는 점을 감안하더라도 사람들의 인식이 크게 변한 것을 확 인할 수 있다.

BDSM에서 가장 흥미로운 점은 성별로 선호하는 역할이 다르다는 것이다. [그림 3-8]을 보면, 여성의 절대다수는 서 브미시브(피지배) 성향, 반면 많은 수의 남성은 도미넌트(지 배) 성향임을 알 수 있다. 하지만 이 비율이 딱 맞지는 않아 서 이성애자 남성 서브미시브들(25%)이 이성애자 여성 도미넌트(4%)를 만나기는 매우 어렵다. 물론 이 조사는 극단적으로 양자택일을 강요해 나온 결과이고, 다른 조사를 보면 성향자의 대략 25% 가량은 스위치(상황에 따라 역할을 바꿔서 플레이하는 성향자)이기 때문에 파트너에 따라 자신의 역할을 할 테니 그래프보다는 현실이 나을거 같긴 하지만, 어쨌든 이성애자 남성 서브미시브들이 우울한 상황이긴 하다. 그런 면에서 바닐라에 초보인 내가 돔 성향(도미넌트 성향)의 여성 파트너를 만난 건 운이 좋았다고 볼 수 있다.

나는 여전히 섹스의 한 유희로서의 BDSM과 성향자는 다르다고 생각한다. 하지만 대체 그 라인을 어디로 그어야 하는지는 정확히 모르겠다. BDSM을 다른 성소수자처럼 하나의 성향으로 볼 것인지, 단순한 취향으로 볼 것인지에 대해서는 논란이 있다. 결국은 선천적이냐 후천적이냐를 따지는 것인데, 연구자가 아니고서야 대체 그게 무슨 상관인가 싶다. 그로 인해 누구라도 좋으면 그만인 거지.

현대인이 외로운 합리적인 이유

사람은 본질적으로 외롭다. 사람들은 마치 현자가 된 것처럼 사람은 원래 외로운 존재라고 입버릇처럼 말하곤 한다. 그렇겠지. 아마 유사 이래 인간은 늘 외로웠을 것이다. 하지만 21세기를 살아가는 현대인들은 특별히 조금 더 외로울지도 모른다.

제2차 세계대전 이후 인류는 끝없는 자유를 추구해왔다. 자유는 물론 중요한 가치다. 하지만 자유란 미명하에 인류는 모든 것을 고립시켰다. 개인은 국가, 사회, 공동체, 이웃, 직업, 직장, 가족에서 하나씩 소외됐다. 이런 방향은 얼핏 긍정적으로 보였다. 자유가 확대됨으로써 국가나 사회에 대한 결합은 약해졌고, 이는 국가 중심의 권위주의 체제를 흔들었다. 하지만 그 이후 새로운 사회는 구성되지 못했다. 개인의 삶에 너무 관여하는 공동체나 이웃은 만화 〈이끼〉의 주민들처럼 사라져야 할 구태로 남았다. 하지만 간섭 좀 안 했으면 하는 것과 아예 모르고 사는 건 전혀 다르다. 안타깝게도 이 가운데 값은 존재하지 않는다.

직업이나 직장에 돈을 버는 것 이상의 의미를 가진 사람의 수도 크게 줄었다. 더 이상 회사에 대한 애사심은 남지 않았고, 회사도 구성원을 신경 쓰지 않는다. 서로 자신의 입장에 따라 그때그때 옮기고 그때그때 자른다. 주식과 코인 열풍, 그로 인한 파이어족 현상이 이를 잘 보여준다. 돈만 벌면 되지 방법은 중요하지 않다.

하지만 그 사이 사람들은 외로워졌다. 점차 하나씩 사라질수록 사람들은 남은 것에 집착했다. 과거 기성세대는 직장에 충성했으나 IMF 이후 직장은 이들을 소외시켰고, 사람들은 (핵)가족의 사랑에 집착하게 됐다. '아빠 힘내세요. 우리가 있잖아요'라는 광고 속 노랫말은 가부장적 세계관을 드러냄과 동시에 가치가 해체된 걸 드러낸다. 아빠가 힘내야 할 이유는 오직 가족이며 사회와 기업은 그 아빠에게 관심이 없다. 그리고 시간이 흘러 가족도 해체되고 있다. 사실상 해체됐는데, 많은 이들이 그림자를 잡고 있다.

남은 것은 각자의 인간관계. 하지만 이도 쉽지 않다. 인류가 이웃과 소원해진 지는 오래됐다. 현대인의 80% 이상은 옆집 사람의 이름조차 모른다. 친구도 과거에 비해 확연히 줄었다. 2019년 미국의 한 조사에서 M세대(밀레니얼 세대, 1981년생~1996년생)의 22%가 친구가 한 명도 없다고 응답했다. 베프가 없다는 게 아니라 순전히 친구를 물어보는 질문이었는데도 이 정도 수치가 나왔다(참고로 베프가 있냐는 질문에는 30%가 없다고 답변했다). 이는 그 이전 세대보다 확연히 낮은 수치다.

결국 이런 인류에게 마지막으로 남은 것이 연애다. 국가나 사회, 가족, 공동체 어디도 딱히 끌리지 않는다. 끌리지 않는 건 괜찮지만 그래도 마음 둘 곳은 필요하다. 그러니 연애에 극도로 몰입하는 거지. 1980년대부터 스멀스멀 고개를 내민 연애지상주의는 IMF 이후 오히려 폭발했다. 정확히는 IMF로 다른 가치들이 무너지면서 홀로 독야청청했다. 미디어를 가득 채운 사랑 타령(드라마와 음악, 리얼 예능)이 이를 뒷받침한다. 친구가 적은 M세대는 어떤 세대보다 연애에 큰 가치를 둔다. 나 역시 그래서 연애에 골몰하는지도 모르겠다. 연인은 언제나 나의 가장 친한 친구고 가족이었다.

그리고 이제 인류는 연애에서마저 소외되고 있다. 미국의 20대(Z세대)는 지금의 30대(M세대)가 20대이던 시절에 비해 성관계 횟수가 절반 정도밖에 되지 않는다. 서울시민을 대상으로 한 성생활 조사에서도 젊은 세대의 섹스리스

비율이 과거보다 배 이상 늘어난 것을 확인할 수 있다. 섹스 횟수가 꼭 연애 여부와 직결되는 것은 아니지만, 전혀 상관 없다고 하기도 어렵지 않은가. 사람들은 코로나가 우리를 고립시켰다고 생각하지만, 팬데믹이 덮치기 전에도 인류는 이미 그 이전 어떤 시대에 겪어 보지 못한 수준의 고립을 겪고 있었다.

모든 것이 우리를 소외한다. 그러니 스마트폰 속에 살 수밖에. 사람들은 종종 기술 때문에 인류가 외로워졌다고 하는데, 기술이 우리를 외롭게 만든 것이 아니라 외로운 우리가 그럴 기술을 만든 것이다. 그리고 그 기술은 우리를 점점 더 외롭게 만든다.

외로움은 단순히 기분의 문제가 아니라 우리의 생존에 즉결되는 문제다. 고질적인 외로움은 운동을 전혀 하지 않는 것, 매일 담배를 피우는 것보다 건강에 더 해롭다. 영국에서는 2018년 외로움부를 만들고 장관을 임명해 사회적 외로움과의 전쟁을 시작했다. 일본에서도 이와 비슷한 정부 부처가 있다.

친구를 빌려 드립니다

그래 OK. 외로움을 극복해야지. 연애를 해야겠어. 그런 데 너무 귀찮단 말이지.

혹시 돈을 주고 성관계를 해본 적이 있는가? 한국에서는 불법이니까 해봤다고 한들 어디 가서 떠벌리진 말자. 여성가족부의 성매매 실태조사에 따르면 한국 남성의 42.1%, 거의 절반이 성구매를 해본 적이 있다고 한다(참고로 여성은 1%다). 성매매가 우리 사회에 얼마나 만연한지 보여주는 심각한 수치지만 '물이 반이나 남았네' 마인드로 '그래도 절반은 안 했네'라고 생각할 수도 있다. 성매매 실태조사는 3년 주기로 진행하는데 진행할 때마다 수치가 떨어지는 걸 보면 젊은층일수록 성구매 경험이 적음을 알 수 있다.

나 역시 성구매를 안 해봤다. 몇 년 전 성노동에 종사하는 사람을 우연히 알게 되어 이야기를 나눈 적이 있는데 그런 질문을 받았다. "왜 이제까지 한 번도 안 했어요?" 그러게, 왜 한 번도 안 했지? 이후 한동안 이 문제를 진지하게 고민했다. 칸트 가라사대, 무릇 인간을 도구로 보지 말라고 훈계하셨지만, 도덕과 무관하게 무언가를 경험하길 좋아하는 내가 남성의 절반이 한 걸 한 번도 안 해봤다는 건 좀 이상한 일이다. 내가 뭐 이제까지 법을 잘 지키고 살았던 것도 아니고 말이지.

고심 끝에 내가 내린 결론은 인격을 돈 주고 살 수 없다거나 하는 도덕적인 것은 아니었다. 단지 나에게 연애는 인생의 목표이고, 섹스는 그 목표에서 아주 중요한 부분 중 하나인데, 그걸 돈 주고 하는 건 뭐랄까… 게임의 룰을 어기는 느낌이랄까? 치트키를 써서 게임을 재미없게 만드는 거란 말이지. 안타깝게도 이 관점에는 여성을 동등한 인간으로 대우하고 자시고 그런 건 전혀 없다. 물론 그런 마음도 있지만, 그런 도덕적인 이유가 가장 크다고 한다면 나를 속이는 짓이므로 하지 않겠다.

그런 의미에서 성구매를 하는 사람들을 비난할 생각은 없다. 단지 조금 지질하다고 생각할 뿐이지. 그런데 이렇게 또 결론 내리고 나니까 스스로가 재수 없게 느껴졌다. 나야 잘

하든 못하든 어쩌저쩌 연애를 해서 섹스도 부족하지 않게 하지만, 정말 연애하기 힘든 환경의 사람도 있을 수 있으니까. 그런 사람이 돈으로 성을 구매한다는데 그걸 지질하다고 비난하는 건 또 비겁하잖아. 그리고 능력이 있다 하더라도 연애 감정은 귀찮고 그냥 성관계만 하고 싶은 이가 있다면, 돈으로 해결하는 게 사회적으로 그나마 나은 방법이 아닌가 하는 생각도 들고. 그런데 왜 신성한 연애 책에서, 성매매 이야기를 하냐고? 그 둘은 다른 거 아니냐고? 물론 그 둘은 명확히 다르다.

그럼 반대의 경우는 어떤가?

2010년 미국에서는 '렌트 어 프렌드(Rent a Friends)'라는 사이트가 생겼다. 말 그대로 친구를 빌리는 사이트로 미국의 한 사업가가 일본에서 비슷한 서비스가 인기인 것을 보고 흉내 내 만든 것이다. 돈을 주고 도우미를 불러 함께 카페에 가거나 산책을 하고, 영화를 보거나 액티비티를 즐긴다. 혹은 간단한 기술을 알려주거나 못을 박아주기도 한다. 여기에는 어떤 성적 서비스도 포함되지 않는다. 그야말로 플라토닉한 우정 혹은 사랑을 위한 서비스로, 성매매가 육체를 사는 거라면 이 서비스는 정신을 사는 것이라 볼 수 있다. 현재 '렌트 어 프렌드'는 미국을 포함해서 전 세계 수십

개국에서 서비스 중이며, 미국 사이트에만 62만 명의 도우미들이 등록되어 있다(2021년 12월 기준).

이 사이트의 주된 고객은 중산층 전문직들이다. 경제력은 갖췄지만 외로운 사람들, 수준 높은 대화를 하고 싶은데 수준에 맞는 사람을 못 구하는 이들이 이 서비스에 가장 큰 만족감을 표시하고 재구매를 이어간다고 한다. 나는 가입비가 꽤 비싼 독서클럽을 운영한 적이 있는데, 여기 참석하는 멤버들도 대부분 중산층 전문직이었다. 이제 외로움은 더 이상 능력이나 자금의 문제가 아니다. 가난한 사람은 물론 능력을 갖춘 사람들도 외로움을 느끼고 있으며, 이를 해결하기 위해 더 적극적으로 움직인다.

성을 파는 것이 용납되지 않는다면, '렌트 어 프렌드'의 서비스는 어떤가? 성을 사고팔지 않았으니 괜찮은 건가? 하지만 이것 역시 어떤 의미에서 인간을 도구화 한 건 아닌가? 아니, 그런데 대체 인간을 도구로 활용하지 않는 일이 있긴 한 걸까? 마르크스의 말처럼 결국 자본주의에서 모든 노동자는 매춘을 하는 것인가? 질문이 꼬리에 꼬리를 문다. 하지만 우리가 고민을 하든 말든 이런 현상은 점점 가속화할 것이다.

음식점이 처음 생기기 시작했을 때 사람들은 부정적으로

생각했다. 집에서 하는 식사는 단순히 배를 채우는 것 이상의 가족 간의 신성한 무언가가 있는데, 음식점에는 이 무언가가 삭제되었다는 것이다. 하지만 음식점이 필요한 사람들이 있었고, 지금은 누구나 거부감 없이 이용하고 있다. 마찬가지로 십여 년 전까지만 해도 모유 대신 분유를 먹이는 것은 엄마 역할을 잘하지 못하는 것처럼 여겼지만, 지금은 아무도 그렇게 생각하지 않는다. 오히려 안정적으로 영양분을 공급할 수 있는 분유가 권장되기도 한다.

친구를 구하는 것도, 성을 구매하는 것도 미래에는 다른 의미를 가질 수 있다. 아니, 이미 그렇게 되었는지도 모른다. 물론 음식을 구매하는 것과 성을 구매하는 것은 완전히 다른 문제지만, 인류가 점점 고립되고 외로움이 만연해서 우정과 연애조차 돈으로밖에 해결할 수 없는 시대가 온다면 그건 도덕이 아닌 현실의 문제가 된다. 성이나 친구를 돈 주고 사는 것보다는 더 좋은 방법이 나오길 간절히 기대하지만, 솔직히 어떤 방법이 있는지 잘 모르겠다. 그러니 살짝 비켜나서 할 수 있는 대로 연애나 열심히 해야지.

그것이 문제로다

10년 전 데이팅 어플 '틴더'가 출시됐다. 그리고 이후 데이팅 어플이 우후죽순 생겨났다. 이 어플은 이게 다르다 저게 다르다 하는데 본질적으로는 같다. 마음에 드는 사람을 체크하고 서로 매치가 되면 만난다. 틴더를 알게 된 후부터 나는 10년째 같은 고민을 하고 있다. 데이팅 어플을 까느냐 마느냐, 이게 뭐 고민씩이나 되나 싶겠지만 나는 이상하게 보수적인 구석이 있다. 이걸 설명하려면 좀 구구절절한 이야기를 해야 한다.

대학교에 가면 대부분 소개팅이나 미팅을 한다. 나도 대학교에 가서 미팅과 소개팅을 처음 해봤다. 미팅은 대학교 1학년 때 한 번, 서른 살에 업체에서 진행한 이벤트 한 번, 이렇게 총 두 번. 소개팅도 두 번 해봤다.

한번은 아는 형을 도와준 적이 있는데 그 형이 나에게 보답하겠다며, 아주 괜찮은 친구와 소개팅을 강제로 잡아줬다. 20대 초반에 '아주 괜찮다'는 의미는 '외모가 매우 뛰어나다'의 동의어이기 때문에 거절하지 않았다. 실제로 소개팅에는 모델 일을 하는 미모의 여성분이 나왔다. 그런데 아마 그분은 부탁을 하니까 어쩔 수 없이 나온 모양이었다. 그녀는 소개팅 내내 도살장에 끌려온 소 같은 표정을 짓고 있었고, 우리는 커피만 마시고 헤어졌다.

두 번째 소개팅은 결혼을 안 하는 나를 보고 빡친 아버지의 부탁을 받은 숙모가 주선한 자리라 도저히 거절할 수가 없었다. 이번에는 내가 도살장에 끌려간 소처럼 소개팅 자리에 앉아 있었다. 상대방도 분명 비슷한 입장이었을 것이 분명하므로, 나는 밥 한 끼를 대접하고 돌아왔다. 혹시 물어보면 남자가 별로라고 말하라고 당부하면서.

나는 연애지상주의를 표방하지만, 소개팅과 미팅처럼 알지도 못하는 사람과 오직 연애만을 목적으로 그런 자리를 가지는 것이 영 마음에 들지 않는다. 차라리 미팅은 놀이 같은 느낌이 있어서 거부감이 적지만, 소개팅은 진짜… 모르는 사람 만나서 이야기하는 거야 업무 특성상 일상적인 일이라 어색하진 않은데, 입으로 아무 말이나 하다가도 어느 순간 현타가 와서 적응이 안 된단 말이지.

재밌는 게 (이제까지 책을 읽어서 알겠지만) 내 생활 자체가 보수적이진 않다. 원나잇도, 친구와 자는 것도, 여러 사람 만나는 것에도 거부감이 없다. 하지만 유독 소개팅만은 싫다. 나는 정말 확고한 자만추다. 사람마다 윤리의 잣대는 다르다지만, 내가 어쩌다 이런 입장을 가지게 됐나 모르겠다.

그래서 이런 식으로 생각하는 사람이 나밖에 없나 해서 찾아보니까 서구권에서는 소개팅이라는 개념이 거의 없다고 한다. 친구와 파티를 하다가 다른 친구를 부르고 그런 와중에 만날 수는 있지만, 소개팅처럼 오직 연애를 목적으로 정해진 대상에게 연락처를 주고 두 사람만 만나는 식의 만남이 서구권에서는 드물다. 반면 한국을 포함한 동아시아 국가에서는 소개팅이나 결혼 정보 회사가 성행한다. '아, 역시 나는 서양 마인드야' 하고 한국 시골에서 자란 주제에 외쿡인인 척하고 넘어가려는데, 데이팅 어플 문제에 와서는 또 입장이 달라진다. 알다시피 틴더를 포함한 데이팅 어플은 미국과 유럽에서 먼저 성행했다. 현재 미국에서 결혼하는 커플의 절반 이상이 데이팅 어플을 통해 첫 만남을 가지고 있다. 그런데 나는 이 데이팅 어플에도 거부감을 느낀다.

그래서 차분히 내가 왜 이런 이상한 세계관을 구축하게 되었는지 다시 생각해봤다. 답은 의외로 간단했다. 사실 소개팅이나 데이팅 어플은 내가 잘 먹히는 시장이 아니었던 거다.

나는 그간 어느 정도 인간적 유대감을 쌓은 사람과 연애를 해왔다. 스스로 어디가 특별히 모났다거나 문제가 있다고 생각하지는 않지만, 내가 그렇다고 모든 사람이 좋아할 만한 타입은 아니니까. 나를 좋아해주는 알 수 없는 마니아층이 있는데, 사실 그런 특이 취향은 겪어 보지 않고는 알기 어렵다. 그나마 작가가 되고 나서 좋은 점은 내 책을 읽고 내게 어느 정도 호의를 가진 사람들을 만날 기회가 많아졌다는 것이다. 그들에게 특별히 나를 어필하려고 노력하지 않아도 되니까.

그래서 결론은 나는 볼매(보면 볼수록 매력적인 사람)…라는 게 아니라 사람에게는 누구나 각자만의 영역이 있다는 것이다. 소개팅에서는 보통 외모와 직업이 중요할 것이다. 주선자는 본능적으로 상대방의 수준을 맞춰서 연결해주게 된다. 어플에서는 외모와 셀카 기술, 추가적으로 프로필을 작성하는 센스, 톡을 보내는 감각이 중요할 거고, 자만추, 헌팅 등등 다른 만남의 형식에는 다른 중요한 무언가가 있을 것이다. 물론 잘난 사람은 매체를 가리지 않고 잘나가고, 잘 안되는 사람은 어디 가서도 어렵겠지만, 아무튼 사람마다 상대적으로 더 유리한 매체가 있기 마련이다. 그게 나에게는 자만추인 것이고.

그러니 이러쿵저러쿵 가치관이니 뭐니 해도 소개팅이나 데이팅 프로그램을 하지 않는 이유는 그 시장에서 내 가치가 낮을 것임을 본능적으로 알고 있기 때문이다. 그걸 이제 무슨 대단한 가치관인 양 포장해왔던 거지. 물론 모든 사람이 그런 이유로 소개팅을 싫어하거나 자만추를 싫어하거나 헌팅을 싫어하거나 어플을 싫어하지는 않겠지만, 사람은 본능적으로 안다. 어느 바닥이 자신에게 유리할지. 그러니 모든 게 그렇듯 남이 어디서 어떻게 누굴 만나든 이상한 편견을 들이밀며 충고할 필요 없다. 그냥 자기가 유리한 판에서 자기 연애나 잘하자.

그럼에도 최근 들어 사람 만나기가 어려워지면서 다시 고민이 된다. 과연 불리함을 무릅쓰고 데이팅 어플의 바다에 뛰어들 것인가? 아니면 지금껏 해왔던 대로 이 바닥에서 조금 더 갈고 닦을 것인가?

데이팅 어플을 깔 것인가 말 것인가 그것이 문제로다.

다들 어디서 만나나요?

[그림 3-9] 미국에서 커플이 만나는 방법

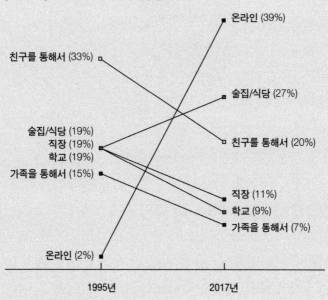

- 온라인 (39%)
- 친구를 통해서 (33%)
- 술집/식당 (27%)
- 술집/식당 (19%)
- 직장 (19%)
- 학교 (19%)
- 친구를 통해서 (20%)
- 가족을 통해서 (15%)
- 직장 (11%)
- 학교 (9%)
- 가족을 통해서 (7%)
- 온라인 (2%)

1995년   2017년

[그림 3-9]에서 보듯 미국은 2017년 이미 온라인(데이팅 어플)을 통한 만남이 40%에 육박하고 있다. 현재는 과반에 가까울 것으로 추정된다.

한국은 어떨까? 한국에서는 관련 조사를 체계적으로 한 경우가 없어 변화를 살피기 다소 어렵지만, ≪대학내일≫이

[그림 3-10] 한국에서 커플이 만나는 방법 (15세~34세)

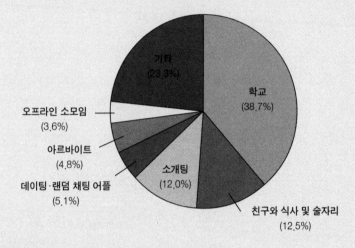

2019년 15세에서 34세까지의 한국인을 대상으로 비슷한 설문을 진행한 적이 있다(그림 3-10).

"어디서 연인을 처음으로 만났나요?"라는 질문에 '학교(38.7%)'라는 답변이 가장 많았다. 이어서 친구와의 식사 및 술자리(12.5%), 소개팅(12.0%), 데이팅·랜덤 채팅 어플(5.1%), 아르바이트(4.8%), 오프라인 소모임(3.6%) 순이었다. 의외로 자만추 비율이 꽤 높다고 볼 수 있는데 이는 조사 대상의 연령이 학창 시절과 겹쳐 있기 때문으로 보인다. 학교생활이 끝나는 20대 후반부터는 소개팅이 1위를 차지했다.

한국의 문화상 여전히 전통적인(?) 방식의 비율이 높지만, 데이팅 어플을 통한 만남도 급속도로 확대되고 있다. 특히 코로나 이후 데이팅 어플의 사용량이 50% 이상 증가했다고 한다. 결혼 정보 업체 역시 MZ세대를 중심으로 최대 50%가량 가입자가 증가했다고 하니 사람들은 적어진 만남의 기회를 어떻게든 메우고 있는 것으로 보인다.

하지만 데이팅 어플의 최대 수혜자는 뭐니 뭐니 해도 성소수자들이라 할 수 있다. 일상에서는 자신의 성 정체성을 표출하는 것조차 쉽지 않기도 하고 수 자체도 소수다 보니 자만추를 하기에는 제약이 많았다. 어플 이전에는 기껏해야 커뮤니티에서 상대를 찾는 정도였지만 이조차도 풀이 매우 좁았다. 그런데 데이팅 어플을 통해 새로운 바다를 만난 것이다.

4

헤어질 때 하는 덕담

졸업식에 참석한 학생이
눈물을 흘린다고 해서
졸업을 하기 싫다는 뜻은 아니다.

끝나기에 아름답다

사람들은 '영원한 사랑'을 꿈꾼다.

이별이나 이혼, 짧은 사랑을 실패로 여기고 긴 연애, 오랜 결혼 생활을 높게 평가한다. 물론 시대가 변했기에 짧은 사랑에 대해서도 과거처럼 비난하지는 않지만, (길었으면 더 좋았을 것이라는) 괄호 정도는 쳐져 있다. 하지만 이제는 이 괄호도 지울 때가 됐다.

연애에 위아래는 없다. 더 좋은 연애와 나쁜 연애가 있을 수는 있지만, 길이만으로는 단정할 수 없다. 짧아서 아름다운 관계가 있고, 길어서 아름다운 관계가 있다. 일찍 지는 벚꽃도 아름답고 사시사철 소나무도 아름답다. 각자의 매력이 있는 법이다. 시기와 상황, 사람에 따라 아름다운 연애는 언제나 그 모습이 변한다. 안타까운 건 짧아야 할 게 길거나 길어야 할 게 짧게 끝나버리는 경우지 짧은 사랑이 짧게 끝나는 건 아무 문제도 없다.

물론 이렇게 말하는 나도 그 맺고 끊음을 잘하진 못한다. 더 길게 이어질 수 있었던 관계를 괜한 자존심으로 파투 내기도 하고, 짧게 끝냈어야 했는데 질질 끌기도 했다. 이런 평가 자체도 시간이 지났으니 하는 거지, 당장 현실에서는 적당한 때를 알기 어렵다.

중요한 건, 어차피 끝날 것이기에 지금 최선을 다하지 않을 이유는 하나도 없다는 것이다. 내 연애의 전성기는 바로 지금이다. 모든 건 절제가 필요하지만, 가끔은 절제도 절제가 필요하다.

지금 최선을 다한 사람이 나중에도 최선을 다한다… 같은 자기계발서스러운 말을 할 생각은 전혀 없다. 그런 말은 믿지 않는다. 지금 소진하면 다음에 기회가 없을 수도 있고, 지금 인생을 망치면 미래 자체가 없을 수도 있다. 나를 망치는 나쁜 연애 얼마든지 있다. 하지만 그것이 너무도 아름다워서 인생을 망치는 한이 있더라도 최선을 다할 뿐이다.

끝나기에 아름답다. 사람들은 영원한 아름다움을 담은 조화가 아니라 짧은 시간 피었다 지는 생화를 더 좋아한다. 우리는 본능적으로 무엇이 더 아름다운지 알고 있다. 영원을 꿈꿀 순 있지만, 아름다움은 본래 영원한 게 아니다.

헤어질 때 하는 덕담

나는 두 번, 자신들이 나에게 이별을 통보하고 나서 울음을 터트리며 미련을 뚝뚝 흘리는 이와 연애한 적이 있다. 두 상황의 공통점이라고 한다면 둘 다 연애를 시작한 지 얼마 안 됐을 때 헤어졌고, 둘 다 과거의 연인이 돌아와 마치 드라마처럼 고백을 했고, 양자택일의 갈림길에 선 두 사람이 하나같이 나를 버리는 결론을 내렸다는 것이다. 내 입장에서 보면 일종의 갈아타기를 당한 셈이지만, 그녀들과 새롭게 연인이 된 두 사람 입장에서 얼마나 기쁜 순간일까 생각해보면 이루 말할 데 없이 짜증이 난다.

아무튼 그녀들은 헤어지자고 말하면서 나에게 엄청난 덕담과 함께(넌 잘될 거다. 넌 잘못이 없다. 내가 이날을 후회할 걸 나도 알지만 어쩔 수 없다 등등) 여전히 널 사랑한다 류의 말을 폭풍 오열하면서 쏟아냈다. 과거의 남자고 뭐고 간에 결과적으로 갈아타기가 된 상황이고, 만난 지 얼마 되지 않아 내가 뭘 잘못할 틈이 없었기에 상대편 입장에서는 당연히 그런 제스처를 취할 수밖에 없었을 것이다.

시간이 지나고 보면 이렇게 명확한데도, 당시 나는 그녀들의 눈물에서 '아직 가능성이 있다'는 착각을 하고 말았다. 그래서 끈질기게 달라붙었다. 유통기한이 지나도 마실 수 있는 우유처럼 내가 조금 더 노력하면 유통기한이 끝난 연애를 조금 더 늘릴 수 있지 않을까 하는, 멸균 우유로 만들 수 있지 않을까 하는 기대를 하고 말았다.

하지만 당연하게도 착각이었다. 졸업식에 참석한 학생이 선생님과 친구들을 못 본다며 눈물을 흘린다고 해서 졸업을 하기 싫다는 뜻은 아니다. 제3자라면 그녀들의 눈물은 쇼라고 말하겠지. 하지만 그건 쇼가 아니다. 그 눈물은 진심이었을 것이다. 모든 연애는 좋게 끝나든 나쁘게 끝나든 일종의 회한이 남는다. 당연히 추억도 남고 감정도 남는다. 그러니 차는 사람도 눈물을 흘릴 수 있지. 이 눈물이 우리를 현혹하는 이유는 이 눈물이 가짜가 아니기 때문이다. 그래서 나는 그 상황을 부정하고 끝내 모르는 척 달라붙었는지도 모른다. 하지만 그 눈물은 졸업식에서의 눈물과 마찬가지로 옆에 남아 있고 싶다는 의미는 아니다.

결국 나의 미저리 짓에 지친 I는 한 번만 만나 달라는 자리에 나와서 단 한 번도 웃지 않고, 차갑게 말했다. I의 인내심과 미안함이 바닥난 것이다. 그럴 만도 한 게 당시 I는 새 남자친구와 결혼을 준비 중이었다. 그러니 당연히 그런 반응이 나오겠지. 그 순간이 되어서야 현실을 직시했다. 사실 이별을 통보한 그 순간에 안 사실, 우린 끝났다는 당연한 사실을 그제야 받아들였다. 그리고 다시는 연락하지 않았다. 처음 이별을 통보받았을 때 쿨하게 받아들였다면 어땠을까. 그랬다면 그녀에게 좋은 기억이라도 남겼을 텐데. 안타깝게도 최악의 인간이 되고 나서야 그 사실을 깨닫는다.

이 경험은 나를 그나마 성숙시켰다(고 믿는다). 적어도 같은 실수는 하지 말아야지. 그래서 비슷한 상황에서 정말 쿨하게 상대를 보내줬다. 덕담까지 해주고, 선물까지 사주면서(일부러 산 건 아니고 이미 주문해 둔 것이었는데, 해외 배송이라 차인 뒤 도착했다). 시간이 조금 흘러 그녀와 우연히 만나 대화를 나눈 적이 있다. 그녀는 사실 그때 내가 너무 쿨하게 받아들여서 서운했다고, 자신도 갈팡질팡하고 있었기에 내가 조금 더 강력하게 붙잡았다면 우리가 지금도 만나고 있을지도 모르겠다는 알 듯 말 듯한 말을 남겼다.

아오 진짜, 뭘 어떻게 하라는 거야. 그리고 지금 이 말을 하는 건 다시 푸시 하면 가능성이 있다는 건지, 아니면 이제 정말 끝났기에 지난 일을 웃으며 이야기하는 건지도 모르겠다. 어렵다 어려워. 타이밍은 정말 알다가도 모를 일이다.

지리멸렬한 연애의 끝에

30대 초반 백수가 되고서 25대25쯤 되는 미팅에 참석한 적이 있다. 정확한 인원수는 기억이 안 나지만, 큰 맥줏집 하나를 통째로 빌려서 했으니 그 정도는 됐던 것 같다. 이벤트성 행사였기에 운명의 짝을 만날 생각은 전혀 없었고, 그냥 하루 재밌게 놀자 싶어 아무 드립이나 던지면서 아무렇게나 행동했다. 하지만 이렇게 접근하면 의외로 성공할 때가 있다. 그날 B를 만났다. B 역시 나와 비슷한 이유로 그 장소에 있었다. 우리 둘은 이야기가 꽤 잘 통했는데, 그러다 막차 시간이 다 돼서 손을 잡고 지하철역을 뛰어 내려갔다. 이 삼류 드라마에나 나올 법한 경험이 구태의연하면서도 신선했는지 며칠 뒤 B에게서 연락이 왔다.

우리는 평일 대낮에 만나(당시 B도 백수였다) 골목에서 키스를 하고 모텔에 갔다. 섹스 후에 누워서 이러쿵저러쿵하다가 스쿠버다이빙 이야기가 나왔다. 당시 나는 백수가 된 김에 필리핀에 가서 교육을 받고 스쿠버다이빙 라이센스를 딸 계획이었다. B에게 같이 가지 않겠느냐고 물었다.

그리고 우리는 만난 지 일주일 만에 필리핀 세부로 가는 비행기에 올랐다. 우리는 연애 초기의 짜릿함 + 해외에서의 일탈 + 휴양지의 경쾌한 날씨 + 스쿠버다이빙을 통해 느끼는 새로운 감각까지 합쳐져 그야말로 불타올랐다. 비행기, 호텔, 길거리, 바닷가까지 거리끼지 않고 스킨십을 했다. 일주일의 교육을 마치고 우리는 보라카이로 가 자유시간을 가졌다. 낮에는 휴양과 레포츠를, 저녁에는 파티를 즐겼고, 사랑은 시도 때도 없이 나눴다. 그렇게 2주의 시간이 흘렀다.

한국으로 돌아오기 전날, 그녀는 내게 이렇게 말했다.

B: 이제 우리 헤어지는 거야?

나: 왜 그렇게 생각해?

B: 그냥, 이게 우리 관계의 절정인 거 같아서. 우리에게 남은 건 점차 식어가는 것밖에 없지 않을까?

하지만 그날의 대화와 달리 한국에 돌아와서도 우리는 수년간 연인으로 지냈다. 함께 기획해서 서울시의 지원을 받는 프로젝트를 진행하기도 했다. 하지만 그녀가 예상했듯이 우리의 연애 감정은 점차 식어갔다. 잠자리 횟수도 크게 줄었다. 필리핀에서의 열정은 더 이상 찾아볼 수 없었다. 그렇게 몇 년이 지났고, 나는 영상통화를 하다 말고 대뜸 이렇게 말했다.

나: 우리 이제 연인은 아닌 거 같지?
B: 응.

그렇게 우리의 연애는 끝났다. 나도 그렇고 그녀도 그렇고 여행 마지막 날 그녀가 한 말이 옳았음을 안다. 만약 우리가 여행 이후 다시 만나지 않았다면, 우리의 추억은 완성되어 인생의 한 정점으로 남았을 것이다. 하지만 우리는 지지부진한 관계를 이어가 볼꼴 못 볼꼴 다 본 사이가 됐고, 그 미련 덕에 강렬한 첫 시작도 빛이 바래게 되었는지도 모른다. 그렇다면 이 관계는 헤어질 타이밍을 잘못 잡은 아쉬운 연애일까? 그렇게 볼 수도 있다. 뒷이야기가 없었다면.

B와 나는 지금도 좋은 친구로 지낸다. 종종 연락을 하고 밥을 먹고 고민을 나눈다. 쓸데없는 연애 상담을 하기도 하고 아주 가끔 자기도 한다. 솔직히 나는 B와 연인일 때보다

지금이 더 좋다. 연인을 얻기는 어렵지만, 좋은 친구를 얻기는 더 어렵다. 오직 연애로만 본다면 우리는 필리핀에서 헤어지는 게 좋았을 것이다. 하지만 인생에 연애만 있는 것은 아니니까.

그러니 앞에 쓴 글을 살짝 뒤엎을까 한다. 사랑에는 때가 존재하고 유통기한도 존재한다. 하지만 인간관계는 시간이 지나면 어떻게 변할지 아무도 모른다. 물론 헤어질 시기를 놓친 관계는 대부분 더러운 꼴을 본다. 그러나 반전이 생길 때도 있는 법이니까. 그런 의미에서 이 세상 모든 지지부진한 연인들에게 응원을 보낸다.

마크 저커버그와 백범 김구

페이스북의 탄생을 다룬 영화 〈소셜 네트워크〉는 인생 영화 100편을 뽑으라고 한다면 들어갈 만한 영화다. 100편이 너무 많은 거 아닌가 싶겠지만, 나처럼 콘텐츠 소비 중독자에게 100위 안이라는 건 여행지에서의 원나잇 정도의 짜릿함을 줬다는 의미다. 아니, 인생 살면서 그런 영화가 몇 편이나 있겠냐고.

〈소셜 네트워크〉의 내용을 한 줄로 간추리면, '여자친구와 헤어진 한 너드가 이래저래 독하게 지질대다 페이스북이라는 어마어마한 괴물을(서비스와 기업을) 만들어낸다' 정도 되겠다. Facebook the Beginning. 영화의 마지막 장면에서 주인공은 헤어진 여자친구의 페이스북에 친구 신청을 할까 말까 고민하다 친구 신청을 누르고 상대방이 받아들일지 말지를 확인하기 위해 끊임없이 새로고침을 한다. 아, 이렇게 강력하고도 지질한 엔딩이라니. 열려 있지만 본질적으로 폐쇄적인 소셜 네트워크의 특성을 이렇게 제대로 보여주는 영화가 또 있을까 싶다.

이 영화의 모델이자 페이스북의 창시자 마크 저커버그는 영화를 보고 난 뒤 "영화와 실제는 상당 부분 다르다"는 지질한 평을 남겨 이 영화를 완성시켰다. 이게 참 가불기인데, 이 영화의 내용이 실제와 비슷해도 저커버그는 지질한 것이고, 정말 달라서 다르다고 해도 '끝까지 지질거리는 것'으로 밖에 보이지 않는다. 그나마 아무 언급도 하지 않는 편이 가장 나은 방법이었겠지만 그 유혹을 참을 수 있는 사람이었다면 페이스북 못 만들지. 암, 그렇고말고. 이쯤에서 우리는 19세기 작가 카를 크라우스가 한 21세기 명언을 떠올려야 한다.

"왜 많은 사람들은 글을 쓰는가? 글을 쓰지 않을 만한 인품을 갖추지 못했기 때문이다."

아, 작가로서 너무 아픈 말이다. 성숙한 인간이 되면 글을 쓰지 않게 될까?

저커버그를 놀리려고 이 글을 쓰는 건 아니다. 누구나 헤어진 연인의 SNS를 몰래 훔쳐본 경험이 있을 것이다. SNS

가 없던 시절의 어른들은 지인을 통해 이야기를 전해 듣거나 괜히 근처를 서성거리며 훔쳐봤겠지.

사람들은 등급을 나누는 걸 좋아해서 감정에도 등급을 나눈다. 그리고 아마 대부분 사람에게 지질함은 감정의 최하위에 랭크 되어 있을 것이다. 사람들은 카드 한도를 초과하더라도 (가끔은 목숨을 던져서라도) 지질해지지 않으려고 노력한다. 정확히는 타인에게 지질해 '보이지' 않으려고 노력한다.

하지만 감정에 위아래는 없다.

한국 독립운동의 대부인 김구 선생님은 어렸을 때 사주를 보면 거지 사주가 나왔다고 한다. 관상을 봐도 거지 관상이 나오고, 손금을 봐도 거지 손금이 나왔다고 한다. 물론 사주, 관상, 손금 다 믿을 건 못 되지만 아무튼 이야기상 필요하니 그렇다고 하자.

그래서 어떻게 되었나. 김구 선생은 예언대로 평생 자기 재산을 모으지 못했다. 돈이 들어오는 족족 독립운동에 사용했다. 제발 돈을 기부해달라고 방방곡곡을 떠돌아다니며 구걸했다. 사주와 관상대로 그는 거지의 운명을 타고난 것일지도 모른다. 하지만 그것은 결코 비난의 요소가 되지 않았다.

마찬가지로 지질함이란 감정 자체는 비난의 요소가 아니다. 중요한 건 그 감정을 어떻게 사용하느냐지. 지질함이란 감정도 얼마든지 훌륭한 성과를 만들어 낼 수 있다. 저커버그는 지질함을 이용해 현대 인류의 삶을 바꿔놓았다. 페이스북은 이제 한물간 SNS지만, 그게 인스타그램이든 틱톡이든 제페토든 뭐든 간에 페이스북이 만든 감정의 연장선상 안에 있다. 이렇게 말하면 훌륭한 성과를 만들어내야만 좋은 것처럼 들리는데 그런 건 아니다. 성과는 결과일 뿐 과정은 또 별개의 문제다. 단지 세상이 그만큼 복잡하게 이루어져 있고, 어떤 감정이든 그 자체로 존중받을 만하다는 것이다.

다행히 나는 SNS를 하지 않는다. 지질함이 하급 감정은 아니지만, 타인에게 드러내고 싶지도 않으니까. 그런데 여기서 'SNS를 하지 않는다'는 건 포스팅을 하지 않는다는 뜻이지 남이 올린 걸 보지도 않는다는 건 아니다. 친구들이 어찌 살고 있는지도 보고, 세상 어떻게 돌아가는지 알아야 책도 쓰니까. 그래서 거의 매일 눈팅을 한다.

그런데 이렇게 눈팅만 하다 보니 잘 모르는 생리가 있다. 가령 인스타그램 스토리는 누가 봤는지 사용자가 확인할 수 있다는 그런 것들. 그러니까 내가 이 책에 관한 영감을 얻으려고 전여친의 인스타를 관찰하고 있다는 걸 그들이 다 안다는 말이지….

흠… 아니, 대체 왜 아무도 나에게 이걸 이때까지 안 알려 준 거야! 지금이라도 당장 손절해야겠다. 잠깐, 근데 그러면 들킨 걸 알게 돼서 안 본다는 게 티 나잖아… 아, 망했네. 이래도 지질하고 저래도 지질하군…. 그냥 보자. 어차피 지금껏 한두 번 본 것도 아니고.

그러니까 이 글은 글의 영감을 얻기 위해 전여친 인스타를 훔쳐봤다고 고백하는 길고 긴 변명이었다. 그러니까 이게 마크 저커버그가 한 일이지? 더 지질하다고? 휴, 어쩔 수 없지.

새벽 4시, 손가락을 잘라야 할 시간

사람들에게는 누구나 감성 타임이 존재한다.

라이프스타일에 따라 조금씩 다르겠지만 보통 자정이 넘어간 시점에 정점을 찍는다. 감성을 빼고 이야기하자면 감성 타임은 밤 시간대의 세로토닌 분비와 관련이 있다. 더 설명하고 싶지만 지금은 연애 에세이를 쓰고 있으니 일단 넘어가자. 아무튼 많은 이들이 감성에 빠진 채 이성을 잃고 "자니?" 같은 메시지를 헤어진 연인에게 보내곤 한다. 20대에 이 고난의 시간을 수없이 겪은 나는 감성 타임에 대응하는 놀라운 비법을 알아냈다.

바로 자정이 오기 전에 잠이 드는 것이다.

오! 대박. 고민 해결…이어야 할 텐데 문제가 있다. 너무 일찍 자는 바람에 너무 일찍 일어난다. 밤 11시쯤 잠들면 보통 새벽 4시쯤 일어난다. 이건 내 문제인데 6시간 이상 긴 잠은 잘 못 잔다. 꼭 중간에 한 번은 깬다. 그러면 깬 김에 벌떡 일어나 스트레칭을 하고 무언가 생산적인 시간을 가지면 좋으련만, 그렇게 될 리가 없지. 이불 밖은 위험하니 가만히 누워 있노라면 지난 밤 갖지 못한 감성 타임이 그제야 시작된다.

참 많은 생각이 지나갈 거 같지만, 의외로 이 시간에 드는 감성의 색깔은 사람마다 정해져 있다. 나의 주된 무드는 죄책감이다. 죄책감, 이게 참 골치 아프다. 갑자기 닥친 불행은 어떻게든 견뎌낼 수 있다. 불행은 외부에서 오는 것이니까. 어쨌든 내 탓은 아니니까. 그건 힘들지만 스스로를 위로하고 넘어갈 수 있다. 그러나 자신의 잘못을 참고 견디기란, 너무도 힘든 고통이다.

인생은 Ctrl+C, Ctrl+V도 안 되지만, 가장 치명적인 건 Ctrl+Z가 안 된다는 점이다. 내가 살면서 벌인 수많은 이불킥 할 말들, 누군가에게 상처 줬던 행동들, 내가 잘못했지만 이제는 결코 돌이킬 수 없는 일들이 떠오르기 시작하면, 그날 다시 잠들긴 그른 셈이다. 보통 하루에 한 시간 정도, 심할 때는 거의 한 달 내내 한 가지 생각에 빠지는데, 기간이 길어질수록 수면 시간이 짧아지고 삶이 피폐해진다. 타격이 너무 클 때는 정신과 상담을 받기도 하고 약을 받아먹기도 한다.

한번은 이렇게 고민하느니 그냥 용서를 구하자 싶어 헤어진 지 10년도 넘은 K에게 사과 메일을 보내기도 했다. "당시 우리가 어렸고…"로 시작하는 구질구질한 사과 메일을 받은 K의 마음을 생각하면 안 보내는 게 백번 나았겠지만, 나의 판단력이란 그때나 지금이나 한결같이 빻아서 도저히 이걸 보내지 않을 방법이 없었다. 그나마 전화번호를 몰라서 전화로 진상을 안 부린 게 다행이지. 메일을 보내고 일주일쯤 지나 메일을 보낸 걸로 다시 죄책감을 가지고 있을 때, K로부터 "다 지난 일"이라며 성숙한 답장이 왔다. 아, X발. 10년이 지나도 여전히 잘못은 내 몫이고, 용서는 그녀의 몫이다. 그냥 내가 평생 안고 살 걸. 왜 그걸 입 밖으로 꺼냈을까. 다시 죄책감에 휩싸인다.

20대 때는 서른이 넘으면 좀 더 성숙한 인간이 되어 있을 줄 알았다. 실수도 줄어들고 감정적으로 행동하는 일도 줄어들고. 하지만 나이를 먹어도 실수는 그대로고 감정은 더 널을 뛴다. 과거에 했던 실수를 되풀이하지 않으려고 하지만, 할 수 있는 실수의 가짓수는 내 경험보다 훨씬 많고, 실수는 끝나지 않는다. 그리고 말이 실수지 대부분은 그냥 나의 잘못이다. 호르몬 때문인지 감정의 폭도 종잡을 수 없다.

후회할 일은 점점 쌓이고 감성 타임은 끝나지 않는다. 20대 때는 그냥 스쳐 지나갔을 생각이 나를 붙잡고 놓아주지 않는다.

결국 내가 내린 방법은 무언가 잘못한 일이 생기면 바로 사과하는 것이다. 시간이 지나기 전에. 하지만 많은 일들은 아무리 사과를 한다고 해도 돌이킬 수 없다. 사과할 일이라는 자각이 강해질수록 죄책감은 더 커진다. 그러니 이 시간은 기억이 남아 있는 한 결코 사라지지 않을 것이다. 점차 후회하는 시간이 길어지고, 그 시간으로 하루가 가득 차게 된다면 그때가 세상을 떠날 때겠지.

그러니까 이불 속도 위험하다.

당신이 이불킥을 할 수밖에 없는 이유

당신이 이불킥을 하는 이유, 그리고 당신만 하는 줄 알았는데 물어보면 누구나 이불킥을 하고 있는 이유는 우리의 사랑이 너무 애절하거나 특별하기 때문이 아니라… 그냥 '세로토닌'이라는 호르몬 때문이다. 그래도 스토리가 있으니 감성적이 되는 거 아니냐고 항변하고 싶겠지만, 어차피 살다 보면 스토리는 누구에게나 생기게 마련이다.

세로토닌은 뇌에서 분비되는 신경전달물질로, 감정 조절과 식욕, 수면 등에 관여한다. 이 호르몬은 사람들에게 행복감을 느끼게 하고 우울한 감정을 조절해준다. 단순하게 말하면 세로토닌이 많이 분비되면 기분이 좋아지고, 적게 분비되면 우울해진다. 세로토닌 호르몬은 햇빛을 받을 때 많이 분비되고, 어두울 때는 분비되지 않는다. 사람들은 '가을 탄다'라는 표현을 종종 사용하는데, 상대적으로 여름보다 일조량이 적은 가을에 가을을 타는 것은 지극히 정상적인 일이다. 우리가 비 오는 날에 음악을 듣는 건 세로토닌 대사량을 맞추려는 나름의 안간힘이라고 볼 수 있다.

세로토닌은 밤이 되면 수면을 유도하는 '멜라토닌'으로

변환한다. 세로토닌이 부족하면 멜라토닌도 부족해지고, 그 결과 우리는 밤에 잠도 못 자고 우울한 생각까지 겹치면서 감성을 타는 것이다.

그렇다면 어떻게 하면 세로토닌을 적절히 유지해 감성 타임을 극복할 수 있을까? 우선, 규칙적인 운동을 해보자. 귀찮으면 밖에 나가서 앉아라도 있어라. 햇빛을 많이 쐬면, 그만큼 세로토닌 호르몬이 많이 분비된다. 스마트폰을 침실에 가져가지 않는 것도 좋은 방법이다. 카페인 함유 식품을 조절하고, 건강한 지방(오메가3)을 섭취하는 것도 좋다. 물론 여러분은 이렇게 말할 것이다. "그걸 누가 몰라?"

그런 이들을 위해 아주 즉각적인 해결책을 알려주겠다. 감성 타임이 올 거 같으면 야식을 먹어라. 바로 세로토닌이 분비되면서 감성 타임을 완화해준다. 뭐? 야식 먹은 것 때문에 또다시 죄책감이 든다고? 그런 이들에게는 약밖에 답이 없다. 국내에서는 세로토닌이나 멜라토닌이 직접 들어가 있는 영양제는 전문의약품으로 진료를 받아야만 구입할 수 있다. 자세한 건 의사와 논의하자.

당신의 인생을 망치는 달콤한 첫 키스의 추억

2016년 웹 매거진 ≪아이즈(IZE)≫는 국제앰네스티와 함께 여성 인식 개선 캠페인으로 한국 드라마 속 로맨스의 폭력적 클리셰를 다룬 적이 있다. 뽑은 사례는 강제로 여성의 손목을 잡아끌기, 벽 사이에 가두고 키스하기(일명 벽치기) 같은 신체 폭력, 비난, 위협, 고성, 난폭 운전(〈미안하다 사랑한다〉의 명장면으로 꼽히는 "밥 먹을래? 나랑 같이 죽을래?" 같은) 등 정서적 폭력이 있다. 또한 여성의 집이나 직장 앞에 무작정 찾아가 기다리기, 동의 없이 여러 사람 앞에서 '내 여자'라 공표하기 등의 행동이 포함됐다.

지난 십여 년간 성평등에 대한 인식이 크게 변하면서 이제 시청자들은 더 이상 이런 장면을 원하지 않는다. 오히려 이런 장면이 드라마에 포함된다면, 시청자 게시판이 불이

붙고 해당 장면은 짤이 되어 인터넷을 떠돌며 영원한 놀림 거리가 된다. 하지만 아직도 현실에서는 남성이 여성의 마음을 쟁취하는 것이라는 믿음이 공공연하게 남아 있다.

2021년 방영된 데이팅 프로그램 〈나는 SOLO(솔로)〉를 보자. 남성 출연자 중 한 명인 '영철'이 여성 출연자인 '정자'를 비난하는 장면이 네티즌의 큰 공분을 산 일이 있다. 상황은 대충 이랬다.

정자는 저녁 식사 시간에 혼자 고기를 굽는 영철에게 쌈을 한 번 싸주는 호의를 베풀었다. 그런데 영철은 여기서 어떤 확신을 얻은 모양이다. 이후 영철은 다른 두 명의 남성과 함께 정자와 첫 데이트를 나갔다. 영철은 다짜고짜 묻는다. "언제까지 이렇게 재실 거예요?" 그는 정자가 자신을 선택하지 않은 것에 불쾌감을 드러내며 위협적인 태도를 보였다. 정자는 결국 죄송하다고 말한 뒤 이후 인터뷰를 진행하다 울먹거린다.

사실 이 장면을 보면 누구나 영철을 욕하게 된다. 상대의 감정을 고려하지 않고 자기 확신에 취한 '직진남'들은 현대 연애에서 가장 피해야 할 캐릭터다. 영철만큼 극단적이지 않더라도 이런 직진남들은 현실에서 꽤 자주 볼 수 있다. 객관적으로 보면 뻔한데도 정작 본인은 상황을 전혀 파악하지 못하고, 상대방이 자신을 좋아한다고 착각하는 것이다.

유혹에 성공했던 기억은 사람을 자신감 넘치게 만든다. 흔히 연애를 처음이 어렵다고들 하는데 그 이유도 이 때문이다. 일단 한 번 성공하면 자신감이 생기고 그때부터는 자연스럽게 흘러간다. 하지만 성공이 오히려 발목을 잡기도 한다. 성공한 경험은 사람을 같은 식으로 움직이게 만든다. 시대는 변하고 자신도 변했는데 여전히 과거의 방식을 답습하게 만든다. 한마디로 꼰대가 된다.

도파민 신경은 예측을 한다는 신기한 특징을 가지고 있다. 보상이 주어질 만한 상황이 되면 보상을 받기 전에 도파민 신경이 먼저 반응한다. 물론 이러한 예측이 빗나가면 흥분은 점차 줄어든다. 하지만 성공한 기억이 너무 강렬하면 도파민 신경이 계속 작동하고 일종의 중독 상태에 빠진다. 성공한 경험이 있는 사람은 (실패만 한 사람보다) 실패했을 때 새로운 도전에 더욱 몰입하게 된다. 돈을 잃었을 때 더 주식에 몰입하는 것처럼. 이런 몰입은 상대와의 관계를 더욱더 파괴한다. 달콤한 첫 키스의 추억이 오히려 우리를 구렁텅이로 모는 것이다. 나는 영철 역시 이 함정에 빠졌다고 생각한다. 이건 그를 변명해주는 게 아니라 그의 사고 패턴을 추측하는 것이다.

상당히 많은 사람들이 이런 실수 아닌 실수를 저지른다. 성추행 사건, 특히 권력을 가진 남성에게서 종종 보이는 패턴 중 하나는 피해자에게 키스나 포옹처럼 연인이나 할 법한 스킨십을 시도한다는 것이다. 이건 상대방도 자신을 좋아한다는 확신이 있을 때 나오는 행동이다. 사건마다 경우는 다르겠지만 이런 남성들은 법정에 가서 자신은 상대방과 연애 감정을 느꼈다고 주장한다. 나는 이런 주장이 일종의 핑곗거리라고 생각했는데, 해당 범죄를 일으킨 사람들과 몇 번 이야기를 나눠보고 나서 그들 중 일부는 정말 진심으로 그렇게 생각한다는 걸 알았다. 상대방이 분명하게 거부의 신호를 줬음에도 자신이 옳다는 확신에 빠져 스스로를 속인 것이다. 마치 영철 자신이 폭력을 행사하면서도 오히려 정자의 태도가 확실하지 않다고 비난하듯이 말이다.

하지만 이제 이런 방식은 통하지 않는다. 여전히 통할 때도 있겠지만, 문제를 느꼈다면 실패했다는 거다. 그 정도 신호도 못 읽느냐고 생각하겠지만, 성기가 커지고 뇌가 쪼그라드는 상황이 오면 상대방이 은유적인 신호가 아니라 직접적으로 말해도 못 알아 처먹는다. 이걸 이렇게 잘 아는 이유는 부끄럽게도 나도 비슷한 경험이 있기 때문이다. 상대방이 그냥 넘어갔기에 경찰에 불려가는 일은 없었지만, 그렇게 됐다 해도 전혀 이상한 상황이 아니었다.

나의 연애는 보통 기습 키스로 시작한다. 기습 키스라 하더라도 당연히 상대가 받아 줄 것이라는 어느 정도 확신이 있을 때 수행한다. 이렇게 말하니까 계획을 수립하고 실행하는 것처럼 들리는데, 그런 건 아니고 그 순간의 느낌(다 아시죠?). 아무튼 첫 연애를 이렇게 시작한 나는 늘 비슷한 방식으로 연애를 해왔다. 그리고 그 성공 확률은 대단히 높다. 내가 잘나서 그런 게 아니다. 말로 하는 고백은 사실상 실패할 것이라는 감각과 함께한다. 말을 하지 않아도 상대가 나를 좋아한다는 것은 느낄 수 있고, 느낌이 올 때 과감하게 움직이면 보통 실패하지 않는다. 하지만 이 시그널을 착각하는 경우는 얼마든지 있을 수 있다. 그리고 설혹 상대도 나와 같은 마음이라 하더라도 그 순간에 스킨십을 하고 싶은지는 또 별개다. 그러므로 언제나 물어보는 것이 맞다. Yes means Yes. 나는 이 당연한 사실을 사건이 벌어지고 나서야 깨달았다.

서른이 넘으면서 알게 된 사실인데, 20대 때나 나이가 들어서나 정신 상태는 비슷하다. 그러다 보니 사람들은 종종 어린 사람들도 자신을 비슷하게 봐줄 것이라 착각하는 경우가 있다. 영철은 40대 초반이었고 정자는 20대 후반이었다. 나이 차이가 많이 나는 연인도 얼마든지 있지만, 객관적으로 보자면 저 정도 차이라면 상대방이 날 좋아할 가능성이 낮다는 생각 정도는 하는 것이 합리적이다. 하지만 막상 상황이 닥치면 20대나 40대나 철없기는 마찬가지다.

연애를 시작할 때, 분명 용기를 내야 할 순간이 있다. 하지만 항상 용기를 내서는 안 된다. 무작정 들이대기 전에 객관적으로 자신의 처지를 생각해보는 것이 상대방은 물론 본인을 위해서도 좋을 것이다. 정 모르겠으면 그냥 물어보든지. 달콤한 첫 키스의 추억이 상대방과 당신의 인생을 망쳐놓기 전에 말이지.

이건 독자가 아니라 나 스스로에게 하는 다짐이다.

연애가 쿨할 수 있을까?

어린 시절 손버릇이 안 좋았다. 보통 바늘도둑이 소도둑 된다고 하는데, 자랑 아닌 자랑을 하면 나는 시작부터 소도둑이었다. 내 주 타깃은 아버지의 지갑 속 만 원짜리였다. 장사를 하셨던 아버지의 지갑은 언제나 현금이 가득했다. 만 원이 무슨 소도둑이야 생각하겠지만, 지금과 당시의 물가 차이, 그리고 아이라는 점을 감안하면(당시 일주일 용돈이 천 원이었다) 만 원은 갖고 싶은 모든 것을 가질 수 있는 큰돈이었다. 하지만 꼬리가 길면 잡히는 법. 아버지도 바보가 아니었다. 집안일을 직접 처리하고 싶지 않았던 아버지는 어머니에게 이 사실을 알렸다. 어머니는 처음에는 좋게 타일렀지만, 두 번째 걸렸을 때는 창고로 나를 끌고 가 쇠막대기로 셔터를 내리더니 그 막대기로 그대로 나를 두들겼다.

혹시 우리 부모님이 아동학대를 했다고 생각할까 봐 덧붙이자면 당시에 이 정도 폭력은 일상적이었다.

흠씬 두들겨 맞은 나는 이후 마음을 다잡고 도둑질에서 손을 떼…쓰다면 좋았겠지만 그렇게 되진 않았고, 어떻게 하면 걸리지 않을까에 대해 고민했다. 그래서 이후에는 아버지가 술에 취해 있을 때만 지갑을 털었다. 어차피 술값을 명확하게 세진 않았을 테니 만 원짜리 한 장이 사라져도 알기 어려울 거 같았다. 그리고 내 생각은 적중했다(다신 안 걸렸다는 뜻이다).

이 일로 나는 두 가지를 깨달았는데, 하나는 부모님이 나의 모든 허물을 알고 있는 듯하지만 사실은 내가 허점을 드러내지 않으면 절대 알 수 없다는 것이고, 또 하나는 말로 해서 듣지 않는 놈은 두드려 패도 듣지 않는다는 것이다. 폭력이 사태 해결에 본질적으로 도움이 되지 않는다는 걸 일찍이 깨달은 거지. 아무튼 부모님의 엄격한 교육 덕에 걸리지 않는 방법을 터득한 나는 지금도 남들에게 잘 걸리지 않….

아무튼 그렇다. 하지만 대도라고 늘 소만 훔칠 수 있겠나. 가끔 바늘도 필요하다. 오락실을 가기 위해서는 동전 몇 개만 있으면 된다. 그럴 때는 삼촌 집에 있던 돼지 저금통을 털었다.

당시 삼촌은 우리 부모님 밑에서 함께 장사를 하고 있었다. 2층에는 우리가 살고 1층에는 삼촌네가 살았다. 삼촌 저금통은 아래 뚜껑만 열면 동전을 쉽게 뺄 수 있었고 상당히 묵직했기에 동전 네다섯 개를 털어가도 티가 나지 않았다. 무엇보다 아버지 지갑과 달리 삼촌 저금통은 늘 그 자리에 있었고, 낮 시간에는 완벽한 무방비 상태였다.

사건이 벌어진 그날도 오락실에 가기 위해 어김없이 빈 삼촌 집에서 유유자적 작업을 하고 있었다. 갑자기 문 여는 소리가 들렸다. 나는 부리나케 창고방으로 숨었다. 그리고 들어온 건 다름 아닌 어머니와 아버지였다.

어머니와 아버지는 크게 다투셨는데, 정말 화가 나서 싸움을 하는 그런 분위기가 아니라 이미 체념해서 오히려 사무적으로 들리는 싸움이었다. 자세한 대화 내용은 기억이 안 나지만, 한참의 논의 끝에 부모님은 서로 이혼하는 데 동의했다.

슬프다거나 그런 생각을 할 겨를은 없었다. 내 입장에서는 언제 저 대화가 언제 끝나고 어떻게 이 자리를 피할 수 있을지가 더 고민이었다. 단지 부모님이 나와 누나에게 언제쯤 자신들이 내린 결론을 통보할 것인지 잠깐 궁금했던 것 같다. 하지만 아무 일도 일어나지 않았다.

그렇게 십여 년이 흘렀다.

수능 날, 시험을 마치고 나오는데 부모님이 시험장 입구에서 기다리고 있었다. 부모님은 장사로 늘 바빠서 나나 누나의 학교생활을 꼼꼼히 챙기는 타입은 아니었기에 '확실히 수능은 다르네' 정도로 생각했다. 함께 놀기로 한 친구들에게 오늘은 어렵겠다고 말을 하고 아빠 차를 타고 저녁을 먹으러 갔다. 그날 메뉴가 무엇이었는지는 기억이 나지 않는다. 식사를 하던 도중 부모님은 내게 말씀하셨다. 두 사람이 이혼하기로 했다고.

보통 부모가 이혼을 한다고 하면 자녀들은 어떤 느낌을 가장 먼저 받을까? 슬픔일까? 당혹감일까? 이상한 말이지만 나에게는 존경심이었다. 어릴 때부터 부모님이 싸우는 모습을 종종 본 나로서는 부모님이 이혼한다는 것 자체는 별스럽지 않았다. 단지 나는 그 사실이 궁금했다. 대체 부모님은 정확히 언제 이혼을 하기로 결정했던 걸까? 초등학교 시절 삼촌 집에서 본 싸움이 생각났다. 그 이후로 10년을 버틴 걸까? 막내가 대학을 갈 때까지는 자신들의 책무라고 생각했을까?

흔히 부모는 자식을 위해 산다고들 한다. 하지만 추상적으로 그렇겠거니 하고 살 때와 이렇게 물리적인 시간으로 다가왔을 때 느껴지는 감각은 전혀 다른 차원이다. 사실 부모님이 어린 시절 이혼했다 해도 나는 크게 신경 쓰지 않았을 것이다. 그때나 지금이나 나는 이기적이고, 함께 살든 말든 경제적으로 불편함만 없다면 그러려니 했을 것이다.

하지만 내 생각과 무관하게 어쨌든 부모님이 나를 위해 그 시간을 버텼다. 앞의 시간은 누나를 위한 것이라 쳐도 누나와 나와의 학년 차, 딱 3년, 그 기간은 온전히 나를 위한 희생이었다. 그러니 이자는 더 못 쳐 드리더라도 딱 그 시간만큼이라도 부모님께 꼭 보상해야겠다는 생각을 지금도 하고 있다. 물론 내가 필요한 일이 없는 것이 나나 부모님에게 좋은 일이겠지만, 만약 생긴다면 그들을 위해 그 시간을 살아야지. 물론 이런 이야기를 부모님께 한다면, "필요 없으니 결혼이나 해라"라고 할 게 뻔하지만….

음… 어머니, 아버지, 효도하려면 혼자가 나아요.

연애가 쿨할 수 있을까? 2

원래 주제로 돌아와서 우리 엄마는 쿨한 사람이다(이 말을 하려다가 앞의 챕터를 다 써버렸다). 요즘 사람들은 쿨함, 힙함 이런 것들이 자기네 문화라고 생각하는데, 사실 이건 문화적인 것도 있지만 70%는 타고난다. 그냥 본 투 비 쿨한 사람들을 만나보면 이 말이 무슨 뜻인지 알게 될 것이다. 그 밑도 끝도 없는 쿨함이란. 본 투 비 쿨 피플들은 문화적으로 아무 연고가 없어도 쿨하다.

과거 어디서 봤는데 나와 내 윗세대의 한국 사람들은 아버지는 존경하고 어머니는 측은하게 여기는 경향이 있다고 한다. 가부장문화와 개발도상국 문화가 뒤섞인 한국의 근현대사를 생각해보면 그럴듯한 해석이다. 20세기 후반 우리

네 가정의 전형적인 모습을 떠올려 보라. 경제 성장의 분위기 속에 자수성가해 집안을 먹여 살리는 아버지(특징: 술 마시면 개가 됨, 가족을 아랫사람으로 여김)와 그런 아버지를 가장으로 떠받들면서 자식을 보호하고 헌신하는 어머니(특징: 불만은 자식에게 터트림). 그럼 우리 집은 뭐가 달랐느냐? 다른 건 없었다. 거기에 추가로 외삼촌 중 한 분이 술에 취해 돈을 갈취하러 찾아오곤 했으니 어머니 입장은 더 난처했을 것이다.

하지만 나는 한 번도 어머니가 측은하게 보이지 않았다. 왜냐면 어머니의 태도가 너무 당당했기 때문이지. 어쩔 수 없이 그 환경에 있는 것이 아니라 '이 정도쯤은 내가 그냥 참아줄게' 같은 태도가 몸에 배어 있었다. 오히려 술 마시고 온 아버지나 외삼촌을 불쌍하게 대했고, 그러다가도 선을 넘는다 싶으면 순간적으로 단호한 태도로 돌변했는데, 그러면 술 취한 아버지나 외삼촌도 갑자기 정신이 들면서 깨갱했다. 그런 태도에 아버지가 더 삐뚤어졌는지는 모르겠지만, 어쨌든 집안의 어른은 누가 봐도 어머니였다. 그러니 내 눈에 어머니가 측은하게 보였겠냐고. 나는 오히려 어머니를 존경하고 아버지를 측은하게 여기는 편에 가까웠다(아버지를 너무 디스한 것 같아 조금 쉴드를 치자면 집안의 장남으로 어린 나이에 가장이 되어 일찍 어른이 됐고, 자수성가했으니 자신의 몫은 넘치게 했다고 생각한다).

어머니는 언제나 쿨하게 말씀하셨고 그렇게 행동했다. 내가 학교에 가기 싫다고 하면 학교에 전화를 걸어 빼주셨고, 고등학생 때는 3년 내내 야자를 안 할 수 있게 해주셨다. 다른 부모들은 입시 학원에 보낼 때 피아노와 바이올린, 검도, 바둑 학원에 다니게 했는데, 그조차도 내가 싫다고 하자 그만두라고 하셨다(지금은 이때 어머니가 배우라고 한 거 잘 배울 걸 하는 후회가 든다). 어머니는 나의 의사를 최대한 존중해줬고, 그 덕에 나는 고3 때도 하루 한 편의 영화를 보면 꿈을 키울 수 있었다. 어머니가 내가 영화 하는 걸 좋아했냐고? 그럴 리가. 어른들은 그때나 지금이나 딴따라들을(예술가를) 좋아하지 않았다. 단지 어머니는 굳이 내가 좋다고 하는 걸 꺾을 생각이 없었을 뿐이다.

이혼을 통보한 뒤 어머니는 뒤도 돌아보지 않고 떠났다. 누나와 나의 양육권을 포함해 모든 걸 아버지에게 일체 다 넘기고 가버렸다. 헤어진다고 결심하면 그렇게 미련 갖지 말아야 한다는 걸 몸소 보여주셨다. 대학에 온 뒤로 종종 어머니를 만나는데 여전히 쿨하시다. 책임은 지지만 안 되는 일에 미련 갖지 않는다. 어머니는 이혼 후 단 한 번도 내 앞에서 아버지의 흉을 본 적이 없다. 반면 아버지는 아직까지도 미련 한가득이다. 어느 날은 어머니 뒷담을 까고, 어느 날은 "그래도 너희 엄마가 좋은 사람"이라고 하고. 그런 게 미련인 거지.

부모의 이혼은 자식에게 참교육이 되는 측면이 있다. 이혼을 하게 되면 그제야 부모님이 한 명의 사람으로 보인다. 아빠 엄마가 아닌 한 명의 남자와 여자로, 인간 ○○○으로 보인다. 부모님은 나에게 여러 가지를 물려주셨는데, 이혼을 통해서는 사람을 사람으로 보는 법을 알려주셨다고 생각한다. 그리고 그 태도 덕분에 나는 어쨌든 작가가 될 수 있었고.

나는 늘 어머니 같은 성격을 갖고 싶었지만, 아무래도 아버지를 많이 닮은 것 같다. 그래서 본성적으로는 쿨하지 않지만, 쿨함을 지향하는 이중적인 삶을 살고 있다. 이따금 나를 잘 모르는 사람들이 "오후 님, 쿨하시네요"라고 할 때면 나는 늘 이렇게 답변한다. "전 쿨한 게 아니라 쿨한 척하는 거예요."

쿨한 연애가 있을까?

대중 매체에서 그려지는 그런 쿨함은 없다고 생각한다. 왜냐면 진짜 쿨한 사람들은 냉소적이지 않기 때문이다. 만약 대중 매체 속의 쿨함이 있다면, 그건 그냥 덜 사랑한 것이다. 쿨한 건 쉽게 관두는 게 아니다. 자신이 할 수 있는 만큼은 뜨겁게 최선을 다해야 한다. 남들에게 내가 어떻게 보이는지는 상관없이, 모든 걸 걸고 끝까지 달려드는 게 쿨한 것이다. 그런데 그렇게까지 하고도 안 된다면 언제 그랬냐는 듯 가볍게 툭 내려놓을 수 있는 게 쿨한 거지. 그런 면에서 나는 아직 멀었다. 포기해야 할 시점을 알아도 포기하지 못하고, 포기하고 나면 언제나 아쉬움이 가득하니까. 언제까지나 뜨겁게 달려드는 Hot하지만 Cool한 사람이 되고 싶다.

이혼, 진실 혹은 거짓

우리는 흔히 입버릇처럼 이혼이 늘었다고 말한다. 과연 그럴까? 진실을 알아보자.

결혼과 이혼은 모두 등록이 되니 통계가 쉬울 거 같지만 생각보다 복잡하다. 먼저 결혼한 커플이 이혼하는 비율을 측정하기 위해서는 그 커플이 모두 죽고 난 다음에나 통계가 가능하다. 하지만 이건 시간이 너무 많이 들고 현재 상황을 파악하는 데 무리가 있다.

그래서 과거에는 한 해 결혼하는 커플 수와 이혼하는 커플 수를 비교했다. 그런데 이 방법 역시 문제가 있다. 세대별 인구가 일정하게 유지되고 결혼하는 비율도 일정하게 유지된다면, 이 수치는 믿을 만하다. 하지만 한국은 현재 젊은 세대의 인구가 급격히 줄고 있고, 결혼율도 떨어지고 있다. 반면 이혼은 전 세대에 걸쳐 광범위하게 발생한다. 그러니 이혼율 증가가 과도하게 보일 수 있다. 실제로 이 식으로 한국의 이혼율을 측정하면 50%가 넘는다. 이를 놓고 마치 나라가 망할 것처럼 호들갑 떠는 기사를 본 적이 한 번씩 있을 것이다. 하지만 아무리 이혼이 늘었다 해도 결혼한 커플 두 쌍 중 한 쌍이 이혼하는 것 같지는 않다.

이러다 보니 가장 많이 쓰는 방식이 인구 1000명당 한 해 이혼 건수를 표시한 것이다. 이를 '조이혼율'이라고 한다. 이 방식 역시 모집단에 결혼한 사람뿐 아니라 결혼 안 한 사람까지 모두 포함하므로 완벽하다고 볼 수는 없다. 하지만 어쨌든 세계적으로 가장 많이 사용하는 수치이므로 우리나라도 이 방식으로 통계를 내는 경우가 많다.

[그림 4-1]은 2016년부터 2020년까지 한국의 조이혼율을 나타낸 표다. 매년 일정하게 2퍼센트 초반대로 어느 정도 안정적인 수치를 보인다. 결혼 자체가 줄고 있긴 하지만 어쨌든 이혼이 늘었다고 보긴 어렵다.

[그림 4-1] 총이혼 건수와 조이혼율

	2016	2017	2018	2019	2020
총이혼 건수(천 건)	107.3	106.0	108.7	110.8	106.5
전년 대비 증감 건수(천 건)	-1.8	-1.3	2.7	2.1	-4.3
전년 대비 증감률(%)	-1.7	-1.2	2.5	2.0	-3.9
조이혼율(%)	2.1	2.1	2.1	2.2	2.1

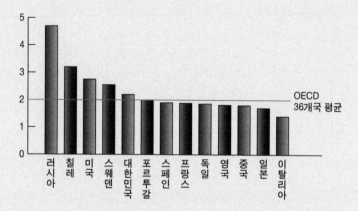

[그림 4-2] 세계 주요국의 조이혼율(2019년) (단위: %)

그러면 세계 각국의 조이혼율을 비교해보자.

[그림 4-2]는 2019년 조이혼율을 나타낸 자료인데, 여기서 보듯 대부분 국가의 조이혼율은 2% 내외를 기록하고 있다. 그런데 놀라운 점은 보수적이라고 평가받는 한국이 OECD 평균보다 조이혼율이 높다는 것이다. 한국은 같은 동아시아 국가인 중국과 일본보다 높고 심지어 개방적이라는 프랑스나 영국, 독일보다도 조이혼율이 높다. 이 때문에 역시 언론이 호들갑을 떠는 뉴스를 역시 한 번씩은 보셨을 거다.

하지만 아무리 생각해도 이상하지 않은가? 동아시아 국가들 중에서는 한국이 이혼이 많은 편일 수는 있겠지만, 유럽 국가들보다 한국의 이혼이 많다고? 왜 이런 결과가 나온 걸까?

이는 결혼 문화 자체에 차이가 있기 때문이다. 동거법이 잘 제정되어 있는 유럽 국가의 경우 결혼을 하는 비율 자체가 높지 않다. 반면 한국은 여전히 결혼 비율이 높다. 이는 혼외출산 비율에서 잘 나타나는데, 유럽 국가의 경우 태어나는 신생아의 혼외출산 비율이 50%에 가깝고 이를 넘어가는 경우도 흔하다. 반면 한국은 아이의 2%만이 혼외출산으로 태어난다. 98%의 아이가 법적으로 혼인한 부부 사이에서 나온다. 즉, 한국에서 아이를 낳는 사람은 대부분 결혼을 한다. '당연한 거 아닌가?' 하고 생각하겠지만, 그건 한국 기준이고 유럽 국가들에서는 절대 당연한 게 아니다.

아무튼 결혼 자체가 많이 이루어지다 보니 이혼 비율이 적다고 해도 총횟수는 많을 수밖에 없다. 그런데 앞에서 말한 대로 조이혼율은 결혼 여부와 무관하게 인구 1000명당 한 해 이혼 건수를 나타내기 때문에 한국이 상대적으로 높게 나온다.

그리고 또 흔한 오해가 젊은 사람들일수록 참을성 없이 이혼을 많이 한다는 것이다. [그림 4-3]은 2020년 기준 혼인 지속 기간별 이혼 건수를 나타낸 표다. 예상대로 4년 이하, 그러니까 젊은 사람들의 이혼 건수가 많기는 하다. 하지만 가장 많은 건 의외로 20년 이상 함께 산 이들의 이혼으로 거

[그림 4-3] 혼인 지속 기간별 이혼 건수 및 비율 (2020년)

혼인 지속 기간	이혼 건수	비율
4년 이하	2만 1100건	19.8%
5~9년	1만 8400건	17.3%
10~14년	1만 5400건	14.5%
15~19년	1만 1900건	11.1%
20년 이상	3만 9700건	37.2%
평균 혼인 지속 기간	16.7년	

의 40%에 육박한다. 물론 젊은 인구가 줄어들고 결혼 건수도 줄면서 자연스레 이혼율도 줄었기 때문에 고연령대의 이혼이 과장된 측면이 있다. 하지만 우리의 생각보다는 훨씬 많은 수가 자식을 다 키운 후에 이혼을 한다. 마치 우리 부모님처럼 말이다. 역시 한국의 부모님들은 존경할만 하다.

아무튼 결론적으로 한국의 이혼율을 절대 높지 않다. 높다한들 문제도 아니고.

가장 흔한 이별의 날, 12월 11일

　몇 년 전, 실연을 겪고 힘든 시절이 있었다. 자살 충동을 느꼈고 처음으로 우울증 약을 받아먹었다. 솔직히 몇 달 만나지도 않았는데 왜 그렇게까지 가슴이 아팠는지 모르겠다. 가슴 아프게 헤어졌던 미련 넘치던 전 남자친구가 돌아와 결혼하자고 고백하는 바람에 내가 밀려난 건데, 내 입장에서는 사랑이 불타던 시점에 재앙처럼 이별을 통보받았기에 더 힘들지 않았나 싶다. 실연을 당한 날은 이 챕터의 제목대로 12월 11일이었다. 나는 나만 아는 고통에 휩싸여 헤어진 여친의 인스타나 뒤적거렸다(물론 차단당했다).

　그렇게 바보짓을 한 지 얼마나 지났을까. 우연히 트위터에서 한 게시물을 보게 됐다. 세상을 살아가는 데는 별달리 도움은 안 되지만 재밌는 것을 포스팅하는 트위터였다. 게

시물 제목은 '통계적으로 모든 연인들이 가장 많이 헤어지는 날'. 이걸 어떻게 조사했는지는 모르겠지만, 아무튼 그런 게시물이었다.

그 게시물에 따르면 연인들이 가장 많이 헤어지는 날 1위가 바로 12월 11일, 내가 실연당한 날이었다. 연구자들은 연말 연초가 오기 전 사람들은 진지하게 관계를 생각하고 정리하기 때문에 이날 가장 많은 커플이 헤어지는 것 같다고 해석했다. 그런데 왜 하필 11일이지? 그런 무성의한 해석이라면 12월 중 그 어느 날이어도 되잖아?

우리가 하필 12월 11일에 헤어진 건 우연에 우연이 겹쳤기 때문이다. 원래 그 전날 만나기로 했지만, 하루 미뤄졌던 것으로 기억한다. 아마도 이날 헤어진 수많은 커플 역시 우연에 우연이 겹쳐 그날 헤어진 것일 게다. 누구도 딱 12월 11일에 헤어지기로 작정하진 않았을 것이다. 하지만 이러쿵저러쿵해도 결과적으로 나는 12월 11일에 헤어졌고, 다른 많은 연인도 이날 헤어졌다.

이 트윗은 내게 어떤 깨달음을 줬다. 그러니까 나만 겪고 있을 거라고 믿던, 특별하다고 생각하던 고통이 사실은 흔해 빠진 것일지도 모른다는 깨달음. 누구나 '연애가 다 그렇고 그런 것'이라고 말하지만, 진짜로 깨닫긴 힘든 법이다. 왜냐면 사람은 내 고통밖에 알 수 없으니까. 하지만 그 게시물이 보여주는 차가운 사실은 갑자기 나를 끄집어내 나의 고통조차 메타적으로 바라보게 만들었다. 물론 그 후에도 한동안 아픔에서 벗어나지 못했지만, 돌이켜보면 그 트윗을 본 순간을 기점으로 조금씩 나아진 것 같다. 아무리 내가 아파하고 또 아파해도 사실은 그냥 전 세계에서 커플들이 가장 많이 헤어진 날 헤어진 수만 명 중 한 명일 뿐인 게지.

그래, 우리 연애가 특별해봐야 얼마나 특별하겠어.

헤겔은 '역사는 두 번 반복된다'고 했다. 얼마 전 나는 거의 같은 방식으로 실연을 당했다. 마르크스는 헤겔의 말에 '한 번은 비극, 한 번은 희극으로 반복된다'고 덧붙였는데, 안타깝게도 나에게는 두 번 다 비극이었다. 마르크스 이 인간은 뭘 제대로 맞추는 게 없다.

아무튼 그녀는 전여친과 마찬가지로 돌아온 남자 때문에 나에게 이별을 통보하면서 엄청난 자책감에 시달렸다. 원래도 우울증 때문에 상담을 받던 친구라 그런지 갈팡질팡하는 게 아주 가관이었다. 내가 울어도 모자랄 판에 왜 지가 울고 있냐고. 내 아픔은 둘째 치고 그녀를 좀 달래주고 싶어 이런 말을 해줬다. 너 외에도 그랬던 사람 있으니까 자책할 필요 없다고. 모두 비슷비슷한 연애, 비슷비슷한 감정을 느끼고 살아간다고. 감정이 가는 대로 한 건 좋은 선택이라고. 그녀에게 위로가 됐는지 모르겠지만 나로서는 해줄 수 있는 최선이었다.

우리가 하는 모든 연애는 특별하다. 특별하지 않은 연애는 없다고 믿는다. 하지만 유난 좀 떨지 말자. 너만 특별한 건 아니니까. 너만 아픈 건 아니까. 이건 독자가 아니라 나에게 하는 말이다. 유난 좀 안 떨어야지. 나이가 들수록 더 심해지니 원.

연애가 무알콜 맥주가 될 때

하루는 7살 연하의 여자친구가 이런 내용의 트윗을 캡처해서 보내줬다.

"연애는 연상이 더 잘하지만 사랑은 연하가 더 잘한다"

추가적으로 의견을 덧붙이진 않았지만, 이런 말일 게다. '가만 보니까 내가 좋아하는 만큼 너는 나 안 좋아하는 거 같은데, 나 삐졌어. 잘해라. 이 X새끼야.'

음… X를 잡고 반성해야지.

최근에 연애에 좀 시들해진 거 같긴 하다. 앞에서 말했듯이 나이가 들수록 상처가 더 크고 그렇기에 애초에 몸을 사리다 보니 확 빠져들지 못하는 것도 있고, 체력적으로 떨어지니 열정도 떨어지는 것 같다. 연애 책을 두 권이나 쓰다 보니 소진되는 거 같기도 하고. 또 보아온 게 많다 보니 웬만해선 놀라지 않는 부분도 열정이 떨어져 보이게 만드는 것 같다. 딱히 이해해서는 아닌데 파트너가 다른 남친과 여행을 가고 심지어 바람을 피워도 어느 순간부터는 그냥 '그럴 수도 있지' 마인드가 됐다. 어린 시절의 맹목적이다시피 한 애정과 분노는 사라지고, 어느새 뭐든지 적당히 하는 좋은 게 좋은 나이가 된 거지. 그런 태도가 어린 여자친구 눈에는 연애는 잘하지만 사랑은 못하는 사람처럼 보이는 거고. 이렇게 써 놓고 보니 진짜로 반성해야겠군.

얼마 전, 직장인 건강검진을 받았는데 술을 좀 줄이라는 결과가 나왔다. 사실 그 검사에서 술에 관한 부분은 내가 스스로 얼마나 먹는지를 체크하는 것뿐이었다. 그러니 내가 주량을 줄여서 썼다면 그 진단도 나오지 않았을 것이다. 하지만 스스로도 술을 줄여야겠다고 생각하고 있던 터라 검진 결과를 핑계 삼기로 했다. 그리고 내 성격에 끊으면 끊는 거지 줄이는 건 없다. 나는 이제껏 담배도 게임도 커피도 그냥 끊기로 결심하고 끊은 상종해서는 안 될 부류의 인간이다. 일단 회사에는 그 결과를 들이대며 앞으로 회식에서 술을 안 마시겠다고 선언했고, 회식에서 밥만 먹고 집에 올 수 있는 명분이 생겼다.

하지만 일상생활에서까지 술을 끊기는 쉽지 않았다.

(1) 일단 나는 술을 사랑하고

(2) 술을 마셔야 하는 자리도 있고

(3) 마시고 싶을 때도 있으니까

(4) 그리고 무엇보다 술은 정말 사람을 가깝게 만든다.

네 번째는 실험으로도 증명됐다.

네덜란드어를 외국어로 배우는 사람들을 두 그룹으로 나누고 한 그룹에는 술을 한잔(맥주 460ml 정도) 마시게 하고, 나머지 그룹에는 다른 음료를 마시게 한다. 그리고 누가 어느 그룹 사람인지 숨긴 채 네이티브 네덜란드인을 불러와서 네덜란드어로 대화를 하게 한 후, 참가자들의 네덜란드어를 평가하게 했다. 그런데 네이티브 네덜란드인은 술을 마신 사람들의 실력을 더 높게 평가했다. 물론 이 실험만으로 술이 인간관계에 꼭 도움이 된다고 단정할 순 없다. 하지만 술을 마신 기억을 한번 돌이켜보면 이 실험 결과가 어떤 맥락인지는 충분히 이해가 갈 것이다. 술을 한잔 걸치면 말이 술술 나온다. 심지어 그게 외국어라고 해도 말이지.

즉, 연애지상주의자에게 술은 너무도 중요한 아이템이라

는 거다. 이런 과학적인(?) 이유로 술을 완전히 끊기는 어렵다는 판단을 내렸고, 조금 비겁하지만 무알콜 맥주를 마시기로 했다. 인터넷을 찾아보니 무알콜 와인도 있고 막걸리도 있었지만, 시중에서 구하기에는 맥주만큼 쉬운 게 없었다. 이제는 편의점에도 무알콜 맥주를 판매한다.

무알콜 맥주는 물론 술이 아니다. 굳이 따지자면 맛없는 음료수다. 그런데 놀랍게도 무알콜 맥주를 마셔도 술 마신 기분이 난다. 무알콜 맥주에도 아주 소량의 알콜(0.1 이하)이 들어 있는데 그 영향일까 생각해봤더니, 그럴 거 같진 않다. 맥주 한 캔의 알콜을 무알콜 맥주로 섭취하려면 50캔 정도는 마셔야 하는데, 산술적으로 한 캔만으로 기분이 좋아지긴 어렵다. 그렇다면 일종의 플라시보 효과가 아닐까? 충분히 가능해 보였다. 무알콜이지만 신체가 술이 들어온다고 인지를 하니 그에 맞춰 기분이 먼저 변한 것이지. 물론 시간이 더 지나면 뇌도 사태를 파악하고 분노할지 모르겠지만, 아직은 무알콜 맥주를 마셔도 충분히 뇌가 속아 넘어가고 있다.

무알콜 맥주를 마시며 앞의 트윗을 다시 생각해보니 나이가 들수록 연애도 무알콜 맥주 마시듯 하는 게 아닌가 싶다. 연애라는 기분은 내고 싶은데 예전만큼 에너지를 쓰고 싶지는 않고, 상처받고 싶지 않지만 즐거움은 얻고 싶고, 그 결과 무알콜 연애를 하는 거지. 그 유사한 맛에 나의 뇌세포는 과거 열정적인 연애를 할 때와 비슷한 기분을 느끼지만 정말 같지는 않은. 그렇게 생각하니 씁쓸해졌다. 이상하게도 연애만큼은 언제나 열정적인 알콜 연애를 하고 싶었는데 말이지.

대부분 동물은 나이가 들면 새로운 것을 받아들이지 못하고 호기심을 잃어버린다. 하지만 인간처럼 유형성숙하는 동물들은 나이가 들어서도 호기심을 유지하고 새로운 것을 받아들일 수 있다. 비록 그것이 젊은 세대보다는 다소 느리겠지만 불가능한 것은 아니다. 나보다 나이가 많은 사람이 듣기에는 하찮은 소리로 들리겠지만, 새로운 사랑을 도저히 할 수 없는 순간이 오면 그때 죽고 싶다. 이렇게 말하니 한 친구는 "네 꿈이 복상사야?"라고 태연하게 물었다. 음… 물론 복상사도 나쁘지는 않지. 하지만 영화 〈베니스에서의 죽음〉에서처럼 죽는 순간까지도 아름다운 것을 사랑하고 싶다. 그 영화처럼 소년의 젊음을 탐한다는 것은 아니고.

아, 술이 땡기는군.

추신1) 물론 맥주가 무슨 술이냐 이렇게 생각하는 독자도 많을 것이다. 참고로 러시아에서는 2013년까지 맥주를 일반 음료로 분류해 청소년도 합법적으로 마실 수 있었다.

추신2) 나에게 맞는 무알콜 맥주를 찾기 위해 편의점에 파는 무알콜 맥주 4종을 동시에 사서 순위를 매긴 적이 있다. 그런데 놀랍게도 내가 뽑은 순서는 무알콜 맥주 안에 든 아주 소량의 알코올 함유량과 정확히 일치했다. 알코올 수치를 미리 알고 있던 것도 아닌데 그런 결과가 나왔다. 꼴찌는 당연히 알코올 완전 제로인 제품이었다. 놀랍지 않은가? 입은 정직하다. 어쩌면 내가 사랑을 못한다는 그 친구의 말이 정확할지도 모르겠다.

추신3) 지금은 다시 술을 마시고 있다. 실패!

연애 중독

연애는 마약과 같다.

이건 단순히 비유적 표현이 아니다. 이를 이해하기 위해서는 먼저 마약의 작동 원리를 알아야 한다. 마약에 대한 가장 큰 오해는 마약이 무언가 특별한 물질이라고 생각하는 것이다. 하지만 마약은 이미 뇌 속에 있다. 마약은 뇌에 전혀 없는 호르몬을 분비시키지 않는다. 단지 일상적으로 작용하는 호르몬을 극단적으로 작용시킬 뿐이다.

원래 뇌 속에 있는 호르몬이기에 당연히 뇌는 마약에 대한 대책도 가지고 있다. 신체는 언제든 적응하기 마련이니까. 그런데 우리가 마약에 중독되는 이유는 아이러니하게도 이 적응 능력 때문이다.

마약을 복용해보면 처음에는 매우 강력한 쾌감을 얻는다

(마약을 안 해본 사람은 술이나 담배, 커피를 떠올리면 된다). 하지만 시간이 지날수록 효용성이 떨어지면서 쾌감은 무뎌지고 점점 많은 양을 복용해야 그나마 쾌감을 얻게 된다. 이는 신체가 약에 적응하기 때문에 벌어지는 현상이다. 뇌는 평정 상태를 유지하려고 하기 때문에 마약이 지속적으로 들어온다고 판단하기 시작하면 이를 반감시키는 호르몬을 내보낸다. 그러니 그 반감을 뚫고 기분이 좋아지려면 더 많은 마약이 필요한 거지.

이 상황에서 마약을 끊는다고 생각해보라. 뇌에서는 마약이 들어올 것이라 생각해 쾌락을 억누르는 물질을 분비 중이다. 그런데 마약은 들어오지 않는다. 상승되는 물질은 없는데 다운되는 물질이 뇌 속에 가득 찬다. 기분이 다운되고 미칠듯한 우울감과 무기력증이 덮친다. 통증과 오한을 겸하기도 한다. 이게 바로 금단 증상이다.

금단 증상이 얼마나 강력하냐면 가장 약한 마약인 커피조차 갑자기 끊게 되면 이렇게 아파도 되나 싶을 정도로 극심한 두통에 시달린다. 농담 같으면 한번 시도해봐라. 나는 하루에 커피를 7~8잔 마시다가 하루아침에 끊은 적이 있는데, 2주간 두통에 시달리고 한 달간은 멍한 상태로 생활했다. 정리하면 마약을 복용하는 초기에는 과흥분, 뇌가 적응한 이후에는 평정 상태, 끊은 뒤에는 엄청난 디프레스가 온다.

연애를 시작하게 되면 뇌에서는 마치 마약을 한 것과 동일한 정도의 호르몬이 분비된다. 연애 초기 느끼는 설렘은 사실 마약과 같다. 직장 동료가 "연애는 안 하더라도 연애할 때의 설렘을 느끼고 싶다"길래 마약을 추천해줬다. 그 동료는 전혀 안 웃긴 농담을 들었다는 듯한 표정을 지었지만, 나는 진지했다.

약물이 흡입된 상태가 지속되면(연애가 계속되면) 뇌는 이 과흥분을 억누를 호르몬을 분비해 평정 상태로 돌아가려 한다. 그래서 연애를 시작하고 일정 시간이 지나면 우리는 처음만큼 뜨겁지 않은 것이다. 그런데 이 상태에서 이 약물이 갑자기 완전히 제거된다고(이별한다고) 해보자. 그러면 우리는 마약중독자가 마약을 끊은 상태가 된다. 극심한 우울감, 무기력증, 심지어 신체적 통증까지 발생한다.

커피를 입에 달고 사는 사람은 커피를 안 마시면 피곤하다고 하는데, 정확히는 커피를 마시기 때문에 피곤한 것이다. 술꾼들은 술을 마시지 않으면 즐겁지 않다고 하는데, 정확히는 그 술 때문에 일상이 즐겁지 않은 것이다. 마찬가지로 우리는 연애를 하지 않아서 외로운 것이 아니라, 연애를 하기 때문에 외로운 것이다. 그리고 이 길에 발을 들여놓으면 술꾼이 술을 끊지 못하는 것처럼 연애에서 벗어날 길이 없다.

주변을 살펴보면 연애를 하는 사람은 끊임없이 계속하고, 하지 않는 사람은 전혀 하지 않는데, 그 이유 중 하나가 연애를 계속하는 사람은 연애를 하지 않는 상태를 도저히 참을 수 없기 때문이다. 세상에서 가장 유혹하기 쉬운 상대는 솔로가 아니라 갓 헤어진 사람(혹은 권태기에 빠진 사람)들이다. 이들은 입으로는 다시는 연애를 안 하겠다고 하지만, 아주 살짝만 건드려줘도 거하게 휘청이며, 또(!) 운명의 상대를 만난다. 물론 마약중독이 그렇듯이 금단의 시기를 지나면 다시 뇌가 원상태로 복귀하며 평온의 시기가 찾아오지만, 마약중독자들이 마약을 끊기 어렵듯이 연애중독자들도 연애를 끊기 어렵다. 똥개가 똥을 끊는 게 더 쉽지.

돌이켜보면 연애를 해보기 전에는 연애를 하지 못 해서 내가 불행하다고 생각한 적은 별로 없었다. 물론 짝사랑에 마음이 아프긴 했지만, 그렇다고 내 인생이 의미가 없다는 식으로 비관적으로 생각한 적이 없다. 하지만 몇 번의 연애를 겪은 후, 연애가 없는 시기에는 도저히 참을 수 없는 우울이 나를 덮친다. 물론 나는 이 우울이 그 사람을 매우 사랑했기 때문이라고 믿어 의심치 않지만, 내가 본 뇌과학책에서는 내가 마약에 중독된 상태라고 알려준다.

『장자(외편)』19장 달생에는 이런 구절이 나온다.

"술에 취한 사람은 수레에서 떨어져도 다치기는 하나 죽지는 않는다네. 뼈관절은 일반 사람들과 같지만 다른 점은, 술 취한 이는 무의식의 정신이 온전하기 때문이지. 그는 수레를 탔다는 것도 모르고, 떨어졌다는 것 역시도 알지 못하지. 죽고 사는 문제나 놀람이나 두려움이 그의 마음속에 들어오지 못하기에 어떤 물건에 부딪힌다고 하더라도 두려워하지 않는 걸세."

술을 먹으면 온전하다. 고통도 느끼지 않는다. 하지만 깨어나면 그 이전의 고통이 배로 얹어져 찾아온다. 연애도 마찬가지다. 그러니 우리는 취해 있어야 한다. 고통을 느끼지 않기 위해.

물론 그 때문에 고통스러운 것이지만.

성숙한 이별

    이별 후 가슴 아프고 심지어 바보짓을 하는 연애 초보자 10대, 20대들은 이런 기대를 할지도 모른다. 나이를 더 먹고 나면 괜찮지 않을까? 이별도 익숙해져서 조금은 초연하고 담담하게 받아들일 수 있지 않을까? 그런 기대를 하는 인생 후배들에게 비밀을 하나 알려드리면, 그런 일은 결코 일어나지 않으니 멘탈 훈련이나 열심히 해둬라. 살아가면서 알게 된 점이 있다면, 상처와 고통은 나이가 들면 들수록 작아지는 것이 아니라 오히려 커진다는 사실이다.

    논리적으로 생각해보자. 어릴 때는 체력이 좋으니 울기도 많이 울고 술도 많이 마시고 뻘짓도 많이 하지만 그만큼 빨리 잊는다. 아무리 슬퍼도 언제나 새로운 무언가를 해야만 하는 환경에 처한다. 그 과정에서 새로운 사람들을 만날 수밖에 없고 주변에 사람도 많다. 당신이 슬퍼할 때 누군가는 기회라고 달려들고, 또 다른 연애로 그 전 연애는 덮인다. 반면 서른이 넘어가면 만나는 사람 풀이 좁아진다. 물론 어플을 하거나 동호회를 나갈 수 있지만, 예전만큼 관계가 자연스럽지 않다. 자연스러운 만남은 거의 없다. 그리고 에너지도 많이 든다. 더해서 30대 중반쯤 되면 낮에 일하고 나면 밤에 어디 가고 싶지가 않다. 주말도 마찬가지고. 실연을 당했을 때는 이 무기력이 두 배가 된다.

그러니 나이가 들면 들수록 헤어진 후에 전 연인 생각을 더 많이 하게 된다. 태양을 보고 바람을 쐬며 상처가 낫게 돼야 하는데 골방에서 상처를 계속 만지며 손으로 죽죽 잡아 뜯는다. 스스로를 고통에 가두는 변태가 된다. 딱지가 붙지도 않은 걸 떼고 있으니 나을 리 없다. 오스카 와일드의 말처럼 나이 듦의 비극은 나이가 드는 것 자체가 아니다. 진짜 비극은 절대적 나이는 먹었는데 정신 상태는 여전히 젊다는 거다. 자신은 젊은데 신체와 주변 시선이 따라주지 않으니 비극은 예정된 것이나 다름없다.

이별마다 고통을 수치로 나타낼 순 없겠지만, 나의 경우를 대충 그래프로 그려보자면 지난 20년간 집값 마냥 우상향했다. 물론 얼마나 만났고, 얼마나 애정이 깊었느냐에 등락이 있었지만, 전반적으로 보자면 나이가 들수록 슬픔도 더 커졌다. 그렇다고 내가 나이가 들수록 더 깊은 사랑을 한 건 아닐 테니까, 호르몬적인 것이든 환경에 따른 것이든 간에 여튼 나이가 들수록 더 큰 고통을 느꼈다고 볼 수 있다.

작년에는 고작 일주일 만나고 헤어진 연인을 그리워하며 한 달 넘게 속앓이하기도 했다. 몇 년 전에는 두 달도 만나지 않은 여자친구가 다른 남자와 결혼한다길래, 자존심이고 뭐고 다 내팽개치고 두 번째여도 좋고 겉으로 드러나지 않아도 좋으니까 제발 나를 버리지만 말아 달라고 싹싹 빌기까지 했다. 물론 상대방은 분별이 있었기에 나의 발악은 먹히지 않았지만, 나는 정말로 진심이었고 그녀가 그러길 원했다면 그 관계를 받아들였을 것이다.

그러니까 이게 다 철이 들었다고 하는 서른 중반에 있었던 일이다.

이별, 누가 누가 더 아픈가

만남이 있다면 헤어짐이 있다. 그렇다면 사람들의 이별의 풍경은 어떨까?

미국 뉴욕주립대학교(빙햄턴)와 영국 런던대학교 공동 연구팀은 2015년 96개국 27살 이상 이성애자 남녀 5705명을 대상으로 이별에 관한 설문을 진행했다.

[그림 4-4]는 연인 관계에서 누가 먼저 이별을 선언했는지에 대한 답변이다.

[그림 4-4] 연인 관계에서 누가 이별을 선언했는가?

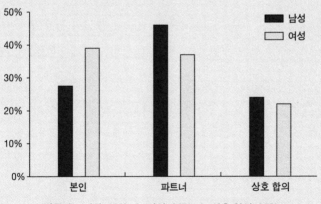

평균값 여성: 43% | 남성: 32% | 상호 협의: 25%

여성이 먼저 이별을 선언하는 경우가 43%, 남성이 선언하는 경우가 32%, 양측 합의가 25% 정도 된다. 그래프가 약간 복잡하니 설명을 덧붙이자면, 예를 들어 남성이 이별을 선언한 값(32%)은 남성이 '본인'이 이별을 통보했다고 한 경우(28%)와 여성이 '파트너'에게 이별을 통보당했다고 한 경우(37%)의 평균값을 낸 것이다.

이혼과 관련해서도 비슷한 통계가 있다. 국내에서 가정법원에 이혼 소송을 개시하는 비율을 보면 여성이 57% 남성이 43%로 여성이 이별을 선언하는 경우가 더 많다. 미국에서도 이 비율은 7:3 정도로 연애든 결혼이든 평균적으로 여성이 이별을 통보하는 경우가 더 많은 것 같다(이별 귀책 사유가 남성 쪽에 있는 경우가 더 많다는 의미이기도 하다).

그럼 이별 후 누가 더 고통스러울까? 당연히 경우마다 다르고, 이런 걸 따지는 것 자체가 하남자(상남자의 반대말) 특이지만 통계가 있으니 한번 살펴보자.

해당 설문에서는 여성들이 평균적으로 더 큰 고통을 겪는 것으로 나온다. 정신적 고통(그림 4-5)은 여성이 6.84 남성은 6.58이며, 신체적 고통(그림 4-6)도 여성은 평균 4.21 남성은 3.75였다. 특히 신체 반응(그림 4-7)에서 성별 차이가 컸다. 모든 증상에서 여성이 남성보다 신체 반응의 변화가 더 심했

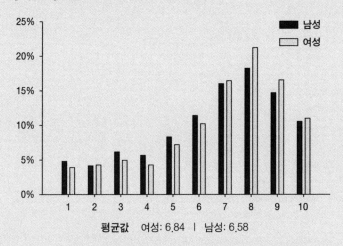

[그림 4-5] 이별 후 느끼는 고통 정도? (정신적 고통)

평균값　여성: 6.84　|　남성: 6.58

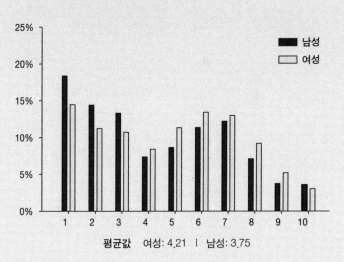

[그림 4-6] 이별 후 느끼는 고통 정도? (신체적 고통)

평균값　여성: 4.21　|　남성: 3.75

[그림 4-7] 이별 후 나타난 신체증상

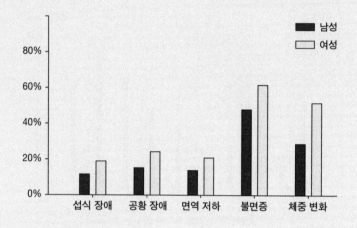

으며, 특히 체중 변화를 경험한 이는 2배 가까이 되었다.

하지만 고통의 기간은 남성들이 조금 더 길었다. 여성은 단기적 아픔은 크지만, 상대적으로 이를 빨리 극복하며 다른 사람을 만나는 속도도 빨랐다. 반면 남성은 즉각적인 고통은 약했지만 후유증은 몇 개월, 심지어 몇 년간 이어졌다.

연구진은 이런 차이가 여성과 남성의 생물학적 역할 차이에서 기인한다고 설명한다. 임신과 출산, 수유 등의 역할을 수행해야 하는 여성은 남성보다 더 신중하게 연애 상대를 고르도록 진화했기 때문에 신중했던 만큼 상처도 더 크게 다가온다는 것이다. 하지만 동시에 여성이 아픔을 오래 끌게 되면 새로운 관계에서 시간, 감정 등 손해가 더 커지기에 이별을 더 빨리 받아들인다는 것이다. 반면 남성은 매력적인 이성을 쟁취하기 위해 경쟁하게 진화했기에 즉각적인 고통의 정도는 크지 않지만, 다시 경쟁에 나서게 되면 잃어버린 연인에 대한 상실감이 크게 다가오면서 고통이 더 심해진다는 것이다. 물론 진화생물학적인 해석은 언제나 오류 가능성이 있다는 점은 염두에 두자. 하긴 남자든 여자든 이별이 아프지 않은 사람이 어디 있겠어.

실연 극복법

드라마 〈멜로가 체질〉의 초반부에 주인공(천우희 배우)이 과거 연인을 잊지 못하는 남자(안재홍 배우) 앞에서 〈흔들리는 꽃들 속에서 네 샴푸향이 느껴진거야〉라는 노래를 부르며 깔짝대는 장면이 있다. 드라마 속 설정에서 그 노래는 그 남자의 전여친이 작곡한 곡이다. 즉, 여주가 남자를 놀리는 상황. 짜증이 난 남자는 결국 깝죽대는 주인공의 기타를 빼앗아 그 노래를 멋지게 열창한 뒤 이런 대사를 읊조린다.

"사랑하는 사람을 만나는 건 어마어마한 기회거든요. 기회를 놓치면 어때요? 아파요. 당연히 아프지. 뼈가 저리다고. 그런데 이런 걸로 사람 놀리기나 하고 말이야."

하… 진짜 뼈 때린다. 헤어진 연인이 지나가는 말로 이 드라마가 재밌다고 한 것이 생각나 뒤늦게 정주행한 내 입장에서는 더 그랬다. 드라마의 대사처럼 사랑하는 사람과 헤어지면 당연히 아프다. 뼈가 저리다. 하지만 아무리 고통이 아무리 크다 한들 이겨내야 한다. 그러지 않고는 방법이 없으니까. 눈물의 똥꼬쇼를 해도 떠나간 사람은 돌아오지 않는다.

그런데 아무리 생각해봐도 실연을 당했을 때 손쉽게 이겨내는 방법은 없다. 한 방송에 나온 정신과 의사가 정신과에서 치료가 잘 안되는 경우가 있다면서 세 가지를 뽑았다.

(1) 돈을 잃은 사람
(2) 가까운 누군가가 죽음을 맞이한 사람
(3) 연인과 헤어진 사람

예능이었는지 다큐였는지 모르겠지만 정말 이렇게 뽑았다. 그럼 이 셋의 공통점은 무엇일까?

정답. 무언가를 실제로 잃었다는 것이다. 실제로 무언가를 잃었는데 정신과에 가서 멘탈을 다 잡는다고 그게 나아지겠냐고(물론 도움이 되지만 고치기 어렵다는 뜻이다).

그나마 할 수 있는 방법이 다른 일에 엄청나게 몰두해서 생각할 틈이 없게 하거나 그것도 아니면 그냥 에너지를 다 소진해버리는 일이다. 하지만 전자의 경우 생각보다 쉽지가 않다. 집중해서 일을 하고 싶은데 집중이 안 된다. 평소에도 안 되던 집중이 실연당했을 때 되겠냐고.

결국 남은 건 아파할 에너지까지 다 소진해버리는 것이다. 근데 이것도 말처럼 쉽지는 않다. 여기서 소진시켜야 하는 건 먼저 신체적 에너지. 친구들이랑 술을 마시든 운동을 하든 자위를 하든 간에 완전히 소진시켜야 한다. 두 번째는 경제적인 것. 조금 위험하긴 한데 그냥 있는 돈 없는 돈 다 끌어다 쓰고 마이너스 통장 만들어서 다 써버려라. 통장 잔고를 보는 순간 정신이 번쩍 들면서 실연의 아픔보다 재정적 아픔이 더 크게 다가오며 일상으로 복귀할 수 있다.

무슨 멍멍이 소린가 싶겠지만, 이 방식은 처음이 힘들지 한 번 하고 나면 두 번째부터는 쉽게 반복할 수 있다. 왜냐면 첫 번째 이별과 두 번째 이별 사이에 복구가 완벽하게 되지 않기 때문이다. 그래서 복구한 정도만 다시 무너뜨리면 되는데, 처음이 어렵지 두 번째부터는 당연한 통과의례인 양 신나게 자신을 무너뜨릴 수 있다. 좋은 충고인지는 모르겠지만, 나로서는 헤어진 연인에게 절대 풀 수 없는 에너지를 나를 파괴하면서 푸는 것이 유일한 해결책이었다.

이때 그나마 복귀가 빨라지려면 돈을 날릴 때 주변의 소중한 사람에게 써버리는 것이다. 가령 나 같은 경우에는 소소하게는 친구가 필요하다고 한 물건을 사준다거나 평소라면 절대 하지 않을 선의를 베푸는 식으로 해소한다. 그러니 내가 실연당했을 때 나를 만나는 친구들은 운이 좋은 셈이다. 말만 하면 다 사줄 테니까. 전세 자금을 빌려준 적도 있고, 미술하는 친구의 전시를 서포트해준 적도 있다(이 전시에 한 달이라는 시간과 6개월 치 월급을 갈아 넣었다).

실연당해서 나도 힘들어 죽겠는데 남을 도울 여유가 되나 싶겠지만, 실연을 당하고 나면 애정 욕구가 생겨서(여친도 나를 버렸는데 내 옆에 있어 주다니 좋은 사람이 틀림없어) 주변 사람을 돕고 싶은 강한 충동이 생긴다. 그리고 나는 그 느낌이 왔을 때 대책 없이 퍼붓는다. 시간이 지나면 실연의 아픔은 옅어지고 친구를 도왔다는 엄청난 자부심이 남는다(물론 마이너스 통장도 남지). 또한 당신에게 호의를 입은 친구는 당신이 베푼 호의를 기억했다가, 당신이 완전히 무너진 순간에 도움의 손을 내밀 것이다. 물론 그 모든 일은 실연당해서 홧김에 일어난 것이지만, 그게 뭐가 중요한가? 결과가 중요하지.

아무튼 당신의 슬픔에 행운을 빈다. 길게 썼는데 결론은 딱히 대안이 없다는 것이다. 그냥 그 에너지를 다 소모할 수밖에. 혹은 새로운 연애를 시작하거나. 그리고 새로운 연애를 시작하고 에너지를 다 소모한다 해도, 새벽 감성 타임이 되면 어딘가 콕 박혀 있던 고통이 스멀스멀 기어나와 당신을 또다시 무너뜨릴 것이다. 저주를 하고 싶진 않지만, 그 고통은 어쩔 수가 없다. 연애지상주의자가 되려면 안고 가야 하는 고통이지.

다행히 아침 해에서 나오는 자외선에는 이를 잊게 해주는 진통제가 있는지 아침이 되면 어떻게든 다시 시작할 수 있다. 대신 선크림은 꼭 발라야 한다.

바보 같은 사랑 노래

음악은 우리 삶에 지대한 영향을 미친다. 에스컬레이터와 계단 옆에 아무 설명도 없이 단순히 영화 〈록키〉의 테마곡(Gonna Fly Now)을 틀어놓았더니 계단 사용자가 두 배로 늘었다는 실험 결과도 있다(16% → 32%).

특히 사랑과 음악은 떼려야 뗄 수 없는 관계다. BGM이 없는 액션이나 공포 영화는 가끔 있지만, BGM이 없는 멜로드라마는 상상하기 어렵다. 내가 이 책 도입부에 다짜고짜 노래부터 한 소절 뽑고 시작한 것에는 다 그럴 만한 이유가 있는 것이다.

국어학자 한성우 교수는 1923년부터 2019년까지 발표된 노래방에 등록된 한국어 대중가요 2만 6251곡의 가사를 조사해 『노래의 언어』라는 책을 펴냈다. 이 책에 따르면 (조사 대상곡 중) 제목에 '사랑'이 포함된 노래는 2360곡(9%)으로 모든 단어 중 압도적인 1위였다. 가사까지 포함하면 '사랑'이 포함된 노래는 1만 7121곡으로서 전체 곡의 65%에 해당한다.

[그림 4-8] 자주 쓰이는 단어 순위 (단위: 건, %)

순위	제목			가사			일상 표현		
1위	**사랑**	**1,608**	**7.83**	**사랑**	**43,583**	**4.39**	사람	236,751	1.62
2위	사람	352	1.71	말	21,960	2.21	때	202,419	1.39
3위	이별	321	1.56	사람	19,460	1.96	말	156,006	1.07
4위	눈물	292	1.42	눈물	16,771	1.69	일	146,937	1.01
5위	여자	279	1.36	때	16,113	1.62	문제	110,282	0.76
9위		…			…			…	
10위	소년	30	0.15	어둠	1,606	0.16	**사랑**	**27,367**	**0.19**

물론 '사랑'이라는 단어가 가사에 들어간다고 모두 사랑에 대한 노래는 아닐 것이다. 비유는 얼마든지 있으니까. 하지만 사랑이라는 말을 하지 않는 사랑 노래가 많으면 더 많았지 적진 않을 것이다. 이렇게 반론할 수도 있다. 노래여서 사랑이 많이 쓰인 게 아니라, 원래 사람들은 사랑을 많이 이야기하는 거 아닌가 하고. 그렇다면 [그림 4-8]을 보자.

이는 노래 제목과 가사, 그리고 우리가 일상적으로 쓰는 말뭉치에서 자주 쓰이는 단어의 순위를 매긴 것이다. 노래 제목과 가사에서는 압도적으로 사랑이 많이 쓰인다. 하지만 일상에서는 '사람'이 1등이며, 사랑은 기껏해야 104번째로 많이 쓰는 단어다. 일상에서 사랑이라는 단어가 쓰이는 빈도는 0.19%인데, 노래 제목에서는 7.83%, 가사에서는

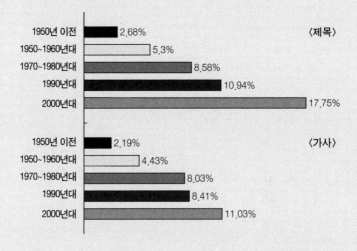

[그림 4-9] 시대별 노래 제목과 가사에 '사랑' 혹은 'love'가 들어간 빈도

〈제목〉

1950년 이전	2.68%
1950~1960년대	5.3%
1970~1980년대	8.58%
1990년대	10.94%
2000년대	17.75%

〈가사〉

1950년 이전	2.19%
1950~1960년대	4.43%
1970~1980년대	8.03%
1990년대	8.41%
2000년대	11.03%

4.39%로 각각 41배, 23배 증가한다. 당연히 가장 많이 사용하는 단어고, 2위와 압도적인 격차를 보인다. 세계 국방력에서 미국이 차지하는 비중을 음악에서 사랑이 차지한다. 그리고 이런 현상은 2000년대 이후 더 심화했다.

[그림 4-9]는 시대별로 '사랑'과 'love'라는 가사의 사용 빈도를 나타낸 것이다. 과거에 더 사랑 타령을 했을 것 같지만 갈수록 더하다. 모든 가사(명사 기준)의 1/10이 사랑(혹은 love)인 것이다. 이 정도면 사랑이 없으면 음악이 안 된다고 해도 과언이 아니다. 일부 장르(펑크, 프로그레시브. 하드코어, 헤비메탈 등)에서는 사랑을 노래하면 놀림감이 되기도 하

지만, 미안하게도 이런 장르의 음악은 장르 팬이 아니고서는 보통 좋아하지 않는다.

음악의 사랑 타령은 우리나라뿐 아니라 모든 문화권이 마찬가지다. 동서양을 가리지 않고, 종교권을 가리지 않으며 사상이 달라도 마찬가지다. 일부 독재국가(ex. 북한)에서는 사랑 노래가 적은 편이지만 아주 예외적인 경우고, 대부분 독재 국가에서도 사랑 노래는 허용된다. 어떤 면에서 사회에 위협을 주지 않기에 더 권장되기도 한다.

비틀즈 해체 이후 폴 매카트니는 사랑과 관련된 노래를 많이 작곡했는데, 평론가들은 그를 "바보 같은 사랑 노래만 부른다"고 폄하했다. 그러자 매카트니는 보란 듯이 〈Silly Love Song(바보 같은 사랑 노래)〉이라는 곡을 발표해 빌보드 1위에 올랐다.

그래, 평론가가 무슨 상관이람. 평론가가 욕을 하든 말든 사람들은 사랑 노래를 좋아한다.

아니, 사랑을 좋아한다.

주저하는 연인들을 위해

상처받지 않으려는 욕심은 있을 수 있지만, 상처받지 않는 삶은 불가능하다. 완전한 삶을 갈망할 순 있어도, 완전한 삶은 불가능하다. 모든 삶엔 상처가 있고, 아쉬움이 있고, 한계가 있고, 남에게 드러내고 싶지 않은 치부가 있다.

어느 책에서 본 글이다(내 식대로 라임 좀 맞췄다). 그런데 삶만 그런 게 아니다. 연애도 마찬가지다.

상처받지 않으려는 욕심은 있을 수 있지만, 상처받지 않는 연애는 불가능하다. 완전한 연애를 꿈꿀 순 있어도,

완전한 연애는 불가능하다. 모든 연애에는 상처가 있고, 아쉬움이 있고, 한계가 있고, 남에게 드러내고 싶지 않은 치부가 있다.

내가 좋아하는 로맨스 영화 중에 〈러브 스토리〉라는 작품이 있다. 우우우우우우우우~우우~~~ 하는 그 유명한 영화 말고, 1996년 배창호 감독이 만든 〈러브 스토리〉. 이 영화는 배창호 감독이 부인과 만나 결혼한 내용을 바탕으로 만든 자전적 로맨스 영화로, 무려 감독 자신과 부인인 김유미 씨가 직접 주인공을 맡아 연기까지 했다. 본인들의 이야기를 극화해서 본인들이 연기한, 한국영화사에는 물론이고 세계영화사적으로도 드문 작품이다. 이런 시도가 독립영화에서는 있었는지 모르겠지만, 적어도 메이저에서는 본 기억이 없다.

배창호 감독은 이 영화를 찍을 때 주변으로부터 많은 걱정과 조롱을 받았다고 한다. 부끄럽지 않냐, 사생활이 드러나는 건데 괜찮냐, 연기라도 전문 배우에게 맡기지 그러냐 등등, 어떤 말을 들었을지 충분히 상상이 간다. 당시 배창호 감독은 〈고래 사냥〉, 〈기쁜 우리 젊은 날〉 등을 찍은 지금으로 치면 봉준호, 박찬욱 정도의 네임 밸류를 가지고 있었다. 그런 사람이 평생의 놀림감이 될 수도 있는 영화를 만들겠다는데 안 말릴 수가 없지.

하지만 그런 우려 속에서 나온 결과물은 훌륭했다. 평범하디 평범한 이야기를 영화로 만들었는데 그게 재밌다니 대단한 작품이지. 물론 흥행에 참패했고, 이 영화를 기점으로 상업영화 감독으로서의 그의 입지는 크게 줄어들었다. 하지만 시간이 지나고 나면 어차피 예술가는 작품으로만 기억되는 거니까. 나는 배창호 감독의 커리어를 통틀어 이 영화를 제일 좋아한다.

대학교 시절, 이 영화를 처음 보고 언젠가 나도 내 이야기로 작품을 만들어 보고 싶다고 생각했었다. 어찌 보면 이 책을 쓴 본질적 욕망은 바로 그때 생겨난 것인지도 모르겠다. 배창호 감독님과 달리 달달한 로맨스가 아닌 지질한 경험담에 불과하지만, 누가 더 나은지 경쟁하는 것은 아니니까. 그리고 달달한 로맨스는 시중에 이미 많잖아. 단순히 커플이 이루어지는 영화보다는 〈500일간의 썸머〉같은 영화가 더 재밌는 시대니까. 아, 〈500일간의 썸머〉 하니까 떠오르는 그 씨….

"왜 많은 사람들은 글을 쓰는가? 글을 쓰지 않을 만한 인품을 갖추지 못했기 때문이다." ― 카를 크라우스

참아야지. 참아야지. 역시 인품을 갖추려면 아직 멀었다.

추천사를 핑계로 중요 당사자들에게 원고를 허락받았지만, 그 외에도 인생을 스쳐 간 많은 사람들의 이야기가 순전히 내 시각으로 이 책에 담겨 있다. 충분히 꼬아 놓아서 주변 사람들도 누군지 추정할 수 없겠지만, 혹시 알게 되더라도 영원히 침묵하길 요청한다. 이 책에서 언급된 모두에게 개인적으로 감사를 전할 생각이다.

울퉁불퉁한 글을 멋지게 다듬어준 허클베리북스와 반기훈 편집자에게도 감사의 말을 전한다. 여섯 권째 책을 내지만, 이번만큼 편집자의 도움이 컸던 적이 없다.

이 책은 정말 사적인 연애사고, 부분부분 편집됐기에 누구도 100% 이해할 거라 생각하진 않는다. 탈고하면서 이 책을 굳이 내야 하는가에 대해서 여러 차례 고민했다. 이 책이 어떤 가치를 가질 수 있을까? 나의 치부를 굳이 자진해서 드러낼 필요가 있을까? 지금도 답을 내리진 못했지만, 일단 마음먹었으니 한번 가보기로 했다.

SNS가 등장한 이후로 사람들은 스스로 너무 많은 검열을 하고 있다. 연애에서도 마찬가지다. 자성하려는 노력은 중요하지만, 그게 삶의 시도를 망쳐선 안 된다.

사람들이 더 많이 연애하고 더 많이 상처받고 더 많이 행복했으면 좋겠다. 그래서 더 자유롭고 더 따뜻한 사회가 되었으면 좋겠다. 그런 분위기를 만드는데 이 책이 조금이라도 도움이 되었으면 좋겠다. 적어도 누군가 "이 책 어때?" 하고 물어봤을 때 "어, 재밌어"라고 말할 수 있는 책이었으면 좋겠다. 그 정도면 만족하고, 그 정도면 충분하다.

마지막으로 이 글을 읽고 있는 바로 당신에게 감사하다는 인사를 전한다. 독자가(특히 책을 구입해주는 독자가) 없다면 글은 아무 의미도 없다. 당신의 인생이 부디 지금처럼 늘 따뜻한 호기심으로 가득하기를 빈다.

추신) 새로운 경험에 대한 제안은 언제나 환영합니다.
todayohoo@gmail.com으로 연락주세요.

여전히 담배를 태울 때면
그를 생각한다

[가장 오랜 친구의 서평]

담배를 태울 때면 오후를 생각한다.

아주 가끔, 스트레스를 받을 때만 담배를 태우는데, 그럴 때면 오후에게 전화를 했다. 대개는 시시껄렁한 농담이나 주고받는 것이 다였지만 그걸로 충분했다. 오후와 이야기를 하면 가벼워졌다. 며칠을 고민하던 일도 오후와 이야기를 하고 나면 아무것도 아닌 일이 되어버렸다.

나에게 오후는 가장 믿을 수 있는 사람이다. 어떠한 가면도 쓰지 않고, 솔직할 수 있는, 어떤 상황에서도 나를 외면하지 않을 사람. 이상하게도 연인이었을 땐 이런 생각을 전혀 하지 않았다. 헤어지고 많은 시간이 지난 후에야 이런 결론에 도달했다. 오후는 좋은 사람이다. 적어도 지금의 나는 그렇게 말할 수 있다.

흔히 연애를 할 때 눈에 콩깍지가 씌인다고 한다. 그 콩깍지는 연인에 대한 환상이나 기대의 총합이라 좋은 내용일 확률이 높다. '나의 연인이 변했다'는 생각이 들었다면, 그건 그 연애에서 더 이상 나의 기대와 환상이 충족되지 않는다는 것일 거다. 사라진 콩깍지 효과랄까… 좀 웃기긴 하지만 나에게 씌워졌던 콩깍지는 좋은 게 아니라 나쁜 내용이었고, 헤어진 후에도 그 나쁜 콩깍지는 쉬이 사라지지 않아 나는 줄곧 오후를 욕하고 다녔다. 꽤 오랜 시간이 지난 후에야 '내가 그를 알긴 했던가' 하는 생각을 했다.

사실 관점의 문제다. 내가 그를 어떠한 시각으로 바라보기로 선택할 것인가… 오후를 처음 만났을 때 나는 변화에 목말랐다. 평소 같았으면 하지 않았을 선택을 하고 싶었다. 그래서 오후와의 연애도 선뜻 시작할 수 있었다. 오후는 신기했고, 특별했고, 이제까지 봐온 사람들과는 다르게 조금 미친놈 같았다. 그가 나의 애인이라는 것만으로도 나는 새로운 내가 된 것 같았다. 그러나 나의 본체는 변함이 없었고, 오후와의 연애는 평탄치 않았다. "나는 분투하고 있어." 오후와 만난 지 일 년이 넘은 어느 날 나는 술에 진탕 취해 친구에게 말했다. 분투해야만 유지할 수 있는 연애. 그게 그즈음의 나였다.

우리의 헤어짐은 너무나 간결하고 쉬웠다. 헤어진 후에도 나는 간간이 오후를 만나 밥을 먹고 이야기를 나눴고, 그의 연애사를 듣곤 했다. 놀랍게도 그 사랑 이야기 속의 오후는 뜨거웠고 나는 그런 그가 생경했다. 우리에게도 저런 뜨거움이 있었던가, 나는 여전히 우리 연애의 가벼움에 대해 생각했다. 나는 오랫동안 오후를 어떻게 해석해야 할지 몰랐고 그를 탓하곤 했다. 나의 결핍과 동동 뜨는 가벼움을 모조리 그의 탓으로 하면 조금은 마음이 시원했다. 나는 여전히 오후에게 할 말이 없었고, 오후는 어느새 내가 어떻게 해도 상처를 입힐 수 없는 사람이 되었다. 그제야 나는 찬찬히 그를, 우리의 시간을 돌이키고 또 돌이켰다. 어째서 우리는 아직도 친구인지, 너는 어떤 사람인지.

"추억은 다르게 적힌다. 그대는 내가 아니다."

〈바람이 분다〉의 한 구절이다. 결국 연애사는 반쪽의 이야기이고, 한 방향의 해석만이 담겨 있다. 상대방은 말을 얹을 수 없다. 그래서 추천사를 적으라고 제안한 것일까? 사실 연애하던 시절의 오후는 그다지 좋은 애인은 아니었다. 하지만 시간을 돌려 그때로 돌아간다 해도 나는 오후와의 연애를 지속할 것이다. 그리고 지리멸렬한 헤어짐을 맞이할 것이다. 기꺼이.

전 애인의 입장에서 솔직히 이 책을 추천할 것까지 있나… 하는 생각이 든다. 사실 처음에는 전 애인의 추천사라는 컨셉이 아주 재밌어 보였지만, 책을 읽은 후에는 '그래서 뭐 어쩔…' 이런 생각이 든다. 이건 아마 내가 오후의 전애인이라 그럴지도 모른다. 어렴풋이 알던 이야기를 자세히 알게 되는 것이 사실 그리 기분 좋은 것은 아니었고, 나에 대한 이야기도 썩 마음에 들지 않았다. 하지만 뭐 굳이 추천의 이유를 적으라고 한다면, 전애인이 추천사를 적어줄 정도의 사람의 연애사라면 한 번쯤 읽어볼 만하지 않을까. 대체 어떤 매력이 있는 것인지, 어떻게 연애를 하는 사람인지 등등. 미리 스포하자면 별 건 없을지도 ㅎㅎㅎ. 어쨌든 매력은 발견하는 사람의 몫이니까.

마지막으로 칭찬 한 스푼 더 끼얹자면, 나는 지금까지 오후가 누군가를 진심으로 욕하거나, 싫어하는 모습을 본 적이 없다. 헤어진 전 애인들에 대해서도 똑같았다. 아직도 그들의 사랑스러운 면들은 사랑할 수 있다고 말했던가? 그런 식으로 말했던 것 같다. 그래서 나는 우리가 헤어진 후에도 오후가 나를 그런 눈으로 봐줄 거라고 생각했다. 그것만으로도 오후는 나에게 '어른'이고 '믿을 수 있는 사람'이다. 불평, 불만, 뒷담화를 하지 않는 것이 얼마나 대단한 일인가. 그는 좋은 사람인 것 같다. 그리고 앞으로도 좋은 사람이면 좋겠지만 그건 알 수 없고, 우리가 과연 계속 친구로 지낼지도 모르겠다.

이 책이 누군가의 심금을 울리는 책으로 남을지 그의 흑역사로 남을지도 잘 모르겠다. 하지만 어차피 모르는 것, 해보는 것이 낫고 책도 안 읽느니 읽는 게 조금이라도 생각의 지평을 넓힐 수 있을 테니 후루룩 읽어보기를 추천한다. 이 책을 읽고 나면, 어쩌면 당신에게도 무모하고 모험적인 사랑을 시작할 용기가 날 수도 있지 않을까. 기꺼이.

참고 자료

[그림 1-1] Peter Shawn Bearman, James Moody & Katherine Stovel, "Chains of Affection: The Structure of Adolescent Romantic and Sexual Networks," Institute for Social and Economic Research and Policy, Columbia University, 2010.

[그림 1-2] Durex, "The Face OF Global Sex 2012".

[그림 1-3] S. Ahn, Jong Wook Kim, +5 authors, "Analysis of Sexual Behaviors among Adults in Korea: Results from the 'Korean National Survey on Sexual Consciousness'," *Medicine The World Journal of Men's Health*, 2020.

[그림 1-4] S. Ahn, Jong Wook Kim, +5 authors, "Analysis of Sexual Behaviors among Adults in Korea: Results from the 'Korean National Survey on Sexual Consciousness'," *Medicine The World Journal of Men's Health*, 2020.

[그림 1-5]~[그림 1-7] "미혼남녀 10명 중 8명 '짝사랑 실패 경험 있다'", ≪매일경제≫, 2015년 11월 1일.

[그림 2-1] 배스킨라빈스 코리아 홈페이지.

[그림 3-1]~[그림 3-3] JEFFREY M. JONES, "LGBT Identification in U.S. Ticks Up to 7.1%," Gallup, FEBRUARY 17, 2022.

[그림 3-4]~[그림 3-6] 「여론 속의 여론: 사회지표 성소수자에 대한 인식-1」, 한국리서치 주간리포트(제138-3호), 2021년 7월 14일.

[그림 3-7] ALEX REES, "Thanks to 'Fifty Shades', Lots More People Searching for BDSM Porn," *Cosmopolitan*, FEBRUARY 20, 2015.

[그림 3-8] Hébert, A. and Weaver, A. "An examination of personality characteristics associated with BDSM orientations." *The Canadian Journal of Human Sexuality*, Vol. 23, No 2(2015), pp. 106~115.

[그림 3-9] Rosenfeld, Michael J., Reuben J. Thomas, and Sonia Hausen. "How Couples Meet and Stay Together 2017 fresh sample,". Stanford, CA: Stanford University Libraries, 2019.

[그림 3-10] 남민희, "대한민국 평균의 연애", ≪대학내일≫ 885호, 2019년 4월.

[그림 4-1] 「2020년 혼인, 이혼 통계」, 통계청, 2021년 3월 18일.

[그림 4-2] "Marriage and divorce rates", OECD Family Database, 2020.

[그림 4-3] 「2020년 혼인, 이혼 통계」, 통계청, 2021년 3월 18일.

[그림 4-4]~[그림 4-7] Craig Eric Morris, Chris Reiber, and Emily Roman. "Quantitative Sex Differences in Response to the Dissolution of a Romantic Relationship," Online First Publication, July 13, 2015.

[그림 4-8]~[그림 4-9] 한성우, 『노래의 언어: 유행가에서 길어 올린 우리말의 인문학』, 어크로스, 2018년 03월 14일.

행복한 외출이 되길,

그리고 다시는 돌아오지 않기를 희망한다.

프리다 칼로

가장 사적인 연애사

초판 1쇄 인쇄 2022년 8월 2일
초판 1쇄 발행 2022년 8월 25일

지은이 오후
펴낸이 반기훈
편집 반기훈

펴낸곳 ㈜허클베리미디어
출판등록 2018년 8월 1일 제 2018-000232호
주소 06300 서울시 강남구 남부순환로378길 36 의산빌딩 4층
전화 02-704-0801
홈페이지 www.huckleberrybooks.com
이메일 hbrrmedia@gmail.com

ISBN 979-11-90933-17-9 03810

Printed in Korea.